ROMEON
VERLAG

Das letzte Puzzleteil

1. Auflage, erschienen 11-2022

Umschlaggestaltung: Romeon Verlag
Text: Malih Moeez Ahmed
Layout: Romeon Verlag

ISBN: 978-3-96229-384-0

www.romeon-verlag.de

Bibliografische Information der Deutschen Nationalbibliothek:
Die Deutsche Nationalbibliothek verzeichnet diese Publikation in der Deutschen Nationalbibliografie; detaillierte bibliografische Daten sind im Internet über *https://portal.dnb.de/opac.htm* abrufbar.

Das letzte Puzzleteil

Malih Moeez Ahmed

Teil 1: Ein naiver Esel

Lebe ich? Was ist am Leben so toll? Gibt etwas, was mich vom Leben überzeugt? Was suche ich denn im Moment? Wofür will ich leben? Wie will ich leben?

Warum stellte ich mir diese Fragen? Das ist doch kein Philosophieunterricht, oder? Doch diese Fragen tauchten immer wieder in meinen Gedanken auf. Mehrere schlaflose Nächte habe ich damit verbracht, über diese Fragen zu grübeln, ohne wirklich zufriedenstellende Antworten zu bekommen. Doch es war nicht mal mehr das Einzige, was mich beschäftigt hat.

Ich hab mehrere Bedürfnisse gehabt. Und jedes dieser Bedürfnisse hat mich immer nachdenklich gemacht. Denn ich hab mich immer gefragt *»Ist es etwas, wonach ich gesucht habe? Etwas, was mir fehlte?«*. Viel gebracht, hat mir das auch nicht. Ich wusste nicht mal mehr, ob ich überhaupt etwas suche oder ob mir überhaupt etwas fehlt. Es ist schwer jemandem etwas zu erklären, wenn ich es mir selbst nicht mal mehr erklären kann. Und ich konnte es mir nicht erklären. Es ist wie beim Puzzle. Man versucht sich durch einzelne Puzzleteile ein gesamtes vollständiges Bild zu erstellen. Es gibt aber verschiedene Arten von Puzzleteilen. Es gibt die Ecken, die Teile, die sich am Rand befinden und die, die ins Innere gehören. Und sie unterscheiden sich auch in ihrer Form. Mal hat ein Puzzleteil einen Knüpfpunkt, mal eine Knüpfstelle und mal auch beides. Doch alle sind wichtig, damit das Bild vollständig ist. Ich war auf der Suche nach einem Teil. Doch ich war blind vor Augen und konnte so nicht die Form des Teiles erkennen. Und da stand ich nun. Auf der Suche nach einem Teil, ohne zu wissen, was für ein Teil ich suche.

Mit jemandem darüber sprechen konnte ich nicht. Wieso? Es war mir unangenehm. Unangenehm, weil mir diese Fragen so seltsam vorkamen. Es ist doch eigentlich meistens klar, was man auf solche Fragen antworten kann. Jetzt wird mir klar, wie unreif und unwissend ich damals doch war, denn das sind für mich die schwierigsten Fragen gewesen, die ich mir bisher in meinem Leben beantworten musste. Denn mir war sehr lange nicht, was ich auf diese Fragen antworten sollte und konnte sie mir deswegen eine sehr lange Zeit lang nicht beantworten.

Aber ich sage »konnte«. Irgendwann ist ein Punkt gekommen, der alles verändert hat. Ich bekam erneut ein Bedürfnis, doch es gab einen großen Unterschied dieses Mal. Dieses Bedürfnis kam ohne die ganzen Fragen, die jedes Bedürfnis in meinem Kopf geworfen hat. Deswegen habe ich es auch anders wahrgenommen und einfach nicht erkannt, dass mich dieses Bedürfnis auf einen ganz besonderen Weg gebracht hat. Einen Weg, der mich und mein Leben veränderte und mir auch Klarheit verschafft hatte. Als hätte ich es gefunden. Das letzte Puzzleteil.

Diese Geschichte bedeutet mir genau aus diesen Gründen so viel. Da sie mich verändert hat. Auf eine Art und Weise, wie kein Erlebnis zuvor. Dieses Erlebnis ist der Grund, warum ich heute so bin, wie ich bin und dass sich mein früheres Ich zu meinem Jetzigen entwickelt hat. Deswegen weiß mein früheres Ich auch am besten, wie man diese Geschichte erzählen könnte:

Das frühere Ich. Na ja, besonders bin ich nicht. Ich bin ja auch nur ein normaler Junge, wie jeder andere Junge auch. 17 Jahre alt und immer noch in der Pubertät und wie es für viele Jungs in meinem Alter nun mal üblich ist habe ich echt anders das Bedürfnis gehabt endlich mal ne Freundin zu haben, weil ich bis zu diesem Zeitpunkt nicht eine richtige Beziehung hatte und es deswegen unbedingt wollte. Sehr einsam, aber was soll ich machen. Ich bin mir sicher, dass ich nicht der Einzige bin, der so denkt. Hinzu kommt auch, dass ich jetzt nicht der geeignetste Typ dafür bin, denn Mädchen stellen sich meistens andere Typen als ihren Lover vor. Na ja, ich kann ja aber auch nichts dafür. Mädchen wollen eben meistens nen 1,80 großen, breit gebauten, gutaussehenden Typen mit weiteren attraktiven Dingern Drum und Dran. Na ja und ich als 1,70 großer, dünner und nur durchschnittlich gutaussehender Typ hab im Vergleich zu vielen anderen nicht so viel bieten. Hey, ich hab n Sixpack für das ich schon sehr lange gut trainiere. Ach stimmt, sieht man unter nem T-Shirt sowieso nicht. Außerdem würde glaube ich meine Hühnerbrust für mehr Aufmerksamkeit sorgen als mein Sixpack. Damit umzugehen ist halt nicht einfach, denn es ist nicht so einfach, seinen Körper drastisch vom Aussehen her zu verändern und ihn an die Geschmäcker anderer Mädchen anzupassen. Ich hab trotzdem sehr die Hoffnung n Mädchen zu finden, die mich vielleicht doch will. Ich meine, Aussehen ist ja nicht alles. Ich bin vielleicht vom Charakter her attraktiver. Kann ich zumindest nicht beurteilen, aber die Hoffnung stirbt zuletzt, denn ich glaube schon, dass ich ein Mädchen sehr gut behandeln könnte, gut auf sie aufpassen könnte und sie glücklich machen könnte. Die Frage ist jetzt nur, wie bekomme ich n Mädchen? Wie schaffe ich es? Ach man, Fragen über Fragen und mein Kopf schiebt ganz andere Kopfschmerzen dadurch. Und darauf habe ich kein Bock, weil das voll einsam ist und ich auch nicht den Sommer damit verschwenden will. Ich will ihn, wie jeden anderen Sommer auch genießen. Der Sommer ist in meinen Augen auch die beste Zeit im Jahr und man hat Sommerferien und dieses Mal bin ich auf Mallorca für ne Woche. Ich versuche mal mein Leben zu genießen, weil ich noch nie auf Mallorca vorher war und eigentlich auch nur Gutes davon gehört habe.

Und bisher kann ich wirklich sagen, Malle bockt ja mal zu sehr. Das Hotel von uns ist echt mega. Auch wenn ich lieber direkt in Palma gewesen wäre statt hier an der Küste, es ist zu wild hier. Die Aussicht, das Meer, die Strände, das Wetter und vor allem die ganzen Girls hier. Habe ich hier viele Mädchen gesehen? Ja! Sehen manche von denen gut aus? Oh, nicht nur manche? Werde ich versuchen, mir eine zu klären? Ja, aber ob ich es schaffe? Werden wir sehen.

Digga wahrscheinlich versuchen, oder? Ich beschreibe mal wie n »Versuch« bei mir aussieht.

1. Ich sehe n Girl, dass optisch einfach nur wow ist.
2. Ich gehe in meinem Brain n Plan durch, wie ich sie ansprechen sollte.
3. Ich hab meinen Plan und gehe so langsam auf das Mädchen zu.
4. Ich breche ab, weil ich Eierflattern bekomme. Was soll ich halt machen. Viele Jungs fühlen das wahrscheinlich.

Probiert es zur Not mal selbst aus. N Mädchen einfach so auf der Straße anzusprechen ist verdammt nochmal schwer. Und ich wette, dass ich nicht der einzige Junge bin, der Eierflattern bekommen würde. Aber ganz ehrlich, wie soll ich denn sonst n Mädchen klarmachen? Ich bin einfach nur behindert. Mal sehen, ob es noch klappt. Vielleicht in Palma? Ist n großer Ort und selbst hier sind viele hübsche Mädchen. Ich hab selbst mega viele hier schon in der Stadt gesehen. Aber ich warte mal noch kurz ab.

Plötzlich kommt so n Mädchen auf mich zu und spricht mich an. Man sieht sie gut aus, mit ihren schönen Augen, braun-blonden Haaren und diesem Gesicht. Wow! Richtig nice!

»Sorry, do you know where the beach is?« (Boah keine Ahnung wo hier n Strand sein könnte)

»Sorry, I´m not from here. I am from Germany and don´t know anything about the places here« (Boah hab ich n Akzent vor Nervosität)

»Ah echt? Ich komm auch aus Deutschland.«

»Ah cool. Na ja ich hab leider keine Ahnung, wo hier n Strand ist. Tut mir echt leid.« (Soll ich mir sie klären?)

»Ach alles gut. Dann suche ich eben weiter. Trotzdem danke!« (Was soll ich machen? Sie geht weg)

»Ehh ich könnte mir gut vorstellen, dass wenn man hier runtergeht, dass da vielleicht m Strand oder so ist. Ich wollte sowieso hier lang gehen. Wenn du willst, können wir kurz zusammen nachgucken.« (Wahrscheinlich sagt sie zu mir Fremden ja oder. Das war echt dumm)

»Aso. Ja klar, warum nicht.« (Was Bruder? Sie sagt einfach ja. Ohaa)

Wir gehen jetzt schon seit 10 min. Ich sehe da auch schon n Strand. Ich muss sie jetzt nach irgendwie nach ihrer Nummer oder so fragen, bevor es zu spät ist. Komm, trau dich!

»Na dann geh ich mal zum Strand. Hat mich gefreut!«

»Ehh warte kurz. Also ich wollte dich noch was fragen. Ehm du musst wissen ich finde du siehst echt ziemlich süß aus und ich fand es ganz cool, mit dir eben n bisschen geredet zu haben und da wollte ich dich mal fragen, ob du vielleicht weiter gerne in Kontakt bleiben wollen würdest und ich vielleicht deine Nummer haben könnte?« (Oh man ich hab es getan!)

»Aw, das ist ziemlich süß von dir, aber ich gebe leider Leuten, die ich nicht so gut kenne, nicht so gern meine Nummer, weißt du?« (Fuck! Na ja, n Versuch war es Wert.)

»Aber wenn du möchtest, kann ich dir gerne mein Snap geben.« (HOLD UP! WAIT A MINUTE!)

» Ja klar, ist auch cool. « (Ich hab‘s geschafft! Let´s gooo!)

Ich hab es also doch geschafft. Ohaa. Ich hätte das niemals gedacht. Aber ich hab‘s. Ich habe so eine Freude, wie diese noch nie gehabt. Na ja, ich hatte aber vorher auch nie ein anderes Mädchen einfach so nach ihrer Nummer gefragt. Wie gesagt, es hat doch funktioniert und es läuft bisher gar nicht mal so schlecht. Sie ist echt süß, nett, witzig und mehr. Wir schreiben schon seit langer Zeit jeden Tag miteinander, telefonieren sehr oft und facetimen ab und zu auch. Ich glaube sogar, ich hab langsam angefangen mich echt in sie zu verlieben. Es ist halt dieses Gefühl, was ich schon immer hatte, wenn ich mich in jemanden verliebt habe. Wir verstehen uns wirklich echt gut, haben richtig vieles gemeinsam, lachen sehr viel zusammen und noch viel mehr. Sie als Freundin zu haben, wäre das Schönste in diesem Moment.

Naja. Enttäuscht zu sein ist ja nichts Schlimmes, oder? Wenn man mich fragt, dann absolut nicht. Nur ist es halt auch, aber ein richtig mieses Gefühl und vor allem auch ein unwohles Gefühl. Nun ja, ich wünschte, ich wäre mir dem schon früher im Klaren gewesen. Es ist jetzt schon ne Weile her und es ist leider irgendwie schwieriger zu verkraften, als ich es eigentlich erwartet hätte. Nur weil ich mir ihren Snap und später ihre Nummer geklärt habe, heißt es noch lange nicht, dass am Ende was draus werden muss, egal wie gut man dachte, dass es lief. Probiert habe ich es ja. Dann bleibt es nun mal eben dabei, aber warum komme ich so schwer darauf klar. Ich meine, ich dachte, irgendwann wird das wieder, aber bisher irgendwie noch nicht. Und irgendwie hab ich das Gefühl von Leere, Schwäche und anderen komischen Gefühlen. Bin ich depressiv? Ach komm übertreib jz mal nicht. Es ist wahrscheinlich das erste Mal, dass mir so mein Herz gebrochen wurde und dieses Gefühl hatte ich so noch nie. Es ist was komplett Fremdes für mich. Doch ich muss einfach weitermachen, denn alle meine Freunde sagen mir auch, dass es nicht das Ende ist und sie haben ja auch vollkommen recht. Ein Mädchen hat mir eine Absage erteilt, ja und? Das passiert jedem so oft. Natürlich schade, aber wie gesagt nicht das Ende! Ich hab zum Glück einige gute Freunde, die mich unterstützen. Mein bester Freund Pelle, der auch gleichzeitig mein Nachbar ist. Mein Freund Paul, den ich schon einige Jahre kenne und der mich zum Glück auch sehr gut versteht. Mein Freund Lasse aus meiner Klasse, der es schafft mich mit seinen dummen Witzen irgendwie immer zum Schmunzeln zu bringen und meine 2 Freundinnen Marwa und Tamana aus der Klasse, die auch Nachbarn von mir sind, die mir n guten Rat gegeben haben und mich auch irgendwie gut aufmuntern konnten. Dank denen komme ich gut voran. Auch wenn es noch etwas dauern wird, bis ich wieder raus aus diesem Liebeskummer bin, ich bessere mich. Und ich konnte wenigstens so neue Erfahrungen sammeln und Neues lernen. Nochmal werde ich mich nicht von Anfang an in ein Mädchen hineinsteigern und ganz entspannt alles angehen. Auch wenn es nicht immer so schlimm ist von Anfang an sich so hineinzusteigern, aber ich hab halt Angst mich durch

Dieses Hineinsteigern nochmal so verletzen zu lassen. Ach das reicht jetzt auch, aber wie ich bereits sagte, ein weiteres Mal wird das nicht passieren!

Aber, sag niemals nie! Denn das Leben ist voller Überraschungen!

Immerhin konnte ich Neues dazu lernen. Ich sollte vielleicht entspannter bleiben. Ich weiß ne Freundin zu haben ist bestimmt echt cool. Jemanden zu haben, der dich liebt, mit dem du viele schöne Momente haben kannst, dies, das und noch viel mehr. Aber ich sollte nicht irgendetwas auf Krampf versuchen. Mit der Zeit kommt schon bestimmt jemand. Das wird dann vielleicht, wenn ich Glück habe, auch die Richtige sein. Falls nicht, dann werde ich das ja schon noch schnell genug erfahren.

Dennoch frage ich mich, warum muss ich so lange auf sie warten? Ich meine so viele andere haben einen Partner gefunden und ich hab immer noch niemanden. Klar ich hab ja gesagt ich will nichts auf Krampf versuchen, aber irgendwann hab ich auch keine Geduld mehr. Man ich finde ich hab mir doch auch n Mädchen verdient, welches mich glücklich machen kann und welches ich glücklich machen darf, oder nicht? Ich weiß das alles seine Zeit braucht, aber ich hab es echt satt mittlerweile ständig warten zu müssen. Das kann ich aber nun mal nicht ändern. Mir bleibt nämlich keine andere Wahl. Ach man, ich bin echt n hoffnungsloser Fall. Ich sollte mich auf andere Dinge konzentrieren. Ich schreibe dieses Jahr Abi. Das ist vielleicht im Moment das Wichtigste und das worauf ich mich am meisten konzentrieren sollte. Ich hab ja immerhin gerade zum Glück Ferien und kann mich etwas zurücklehnen und mich vielleicht mehr auf den Führerschein konzentrieren. Ich will den jetzt mal so langsam haben. Theorie hab ich ja zum Glück letztens bestanden. Fehlt nur noch Praxis. Mal sehen. Hoffentlich wird das auch bald.

N paar Tage Ferien hab ich ja noch zum Glück, also kann ich mich komplett entspannen. Dachte ich zumindest. Selbst die Ferien lassen mich mit dem Thema Mädchen echt nicht in Ruhe. Ich bekam letztens in Hamburg an der Alster so einen Freudesschock. Ich dachte mir oha vielleicht doch jetzt? Nun ja, in meinem Leben halten sich viele Überraschungen bereit. Na ja wer hätte gedacht, dass ich plötzlich in der Innenstadt wieder auf n Mädchen treffen würde, dass mir sehr vom Aussehen her gefällt. Tja, das war der Fall. Da geht sie an mir vorbei und irgendwie hab ich mir dann so gedacht 'Versuchen wir es n zweites Mal? '. Und ich bin direkt überzeugt davon gewesen. Na ja hatte erstmal Eierflattern gehabt, aber scheiß drauf meinte mein Paul und ich bin direkt auf sie zu gegangen. Ich hab sie angesprochen und ich hab auch ihre Nummer bekommen und ich wusste erstmal nicht, was gerade in mir abgeht und was ich fühlen oder sagen soll. War ich vielleicht einfach nur glücklich und deswegen davon überwältigt? Wahrscheinlich schon. Es war wieder das Gefühl, welches ich auch vor ein paar Monaten hatte. Ich meine, die Hoffnung, die ich geschoben habe, war richtig groß. Aber ich hatte auch vor, die ganze Sache jetzt nicht allzu schnell anzugehen und mich nicht von Anfang an darin reinzusteigern, denn ich merke noch, dass der letzte Fall so seine Spuren hinterlassen hat und ich nicht noch einmal so etwas spüren möchte. Wenn es klappen sollte, dann ist es ja schön, aber wenn nicht, dann … nicht.

Und ja, es hat wieder nicht geklappt.

Es wurde wieder nichts mit diesem Mädchen. Doch eins ist anders. Ich fühle mich zwar schon sehr traurig und finde es schade, dass es nichts wurde, aber das lag ja dennoch dieses Mal an mir. Nun ja ich hab sie vielleicht vom optischen ganz schön gefunden, aber das alleine hat mir nicht gereicht. Ich hab keine Chemie zwischen uns gespürt und generell war sie vom Charakter her doch nicht mein Fall. Sie wirkte sehr unreif und recht merkwürdig. Na ja, vielleicht ist sie ja einfach so vom Typ her. Kann ich nicht ändern und ich verurteile sie dafür auch keinesfalls, weil soll jeder so sein wie er/sie ist. Ich bin ja auch gewissermaßen merkwürdig, wie jeder andere auch. Dennoch, sie war nicht mein Fall. Das war aber nicht alleine der Grund für das Scheitern. Ich weiß nicht, aber ich glaube, ich brauche doch noch etwas Zeit, bevor ich mich in etwas Neues hineinstürze. Es hat sich nicht so schön angefühlt. Das Schreiben, telefonieren und bis es zum ersten Treffen überhaupt kommen konnte, hatte ich das Interesse an ihr verloren. Ich glaube, ich bin noch nicht bereit für etwas Neues, solange ich nicht mit dem Alten abschließen kann oder zumindest hinwegkommen kann. Ja. Das ist vielleicht der richtige Weg. Vor allem, wenn ich nicht mehr etwas zu schnell angehen will und mich nicht von Anfang an in etwas hineinstürzen will. Ich glaube, ich sollte auch was dieses Thema angeht mal etwas reifer und vernünftiger werden und der Zeit ihren freien Lauf lassen. In der Ruhe liegt die Kraft und da draußen gibt es bestimmt irgendein perfektes Mädchen für mich. Ja gute Einstellung. Das wird, hab einfach Vertrauen. Auch wenn es gerade schwer ist. Nach der Erschwernis kommt die Erleichterung. Und wie gesagt, ich sollte reifer werden. Nicht so ein naiver Esel sein, wie ich es bisher immer gewesen bin. Das sollte ich unbedingt ändern!

Aber vielleicht sollte ich meine Zeit auch weniger damit verschwenden und mich mehr auf die Schule konzentrieren. Im Moment läuft es bei mir noch nicht komplett gut, was meine Noten angeht und in so einer Situation sind Mädchen nur unnötiger Stress. Vielleicht ist die Idee mich jetzt zu verlieben auch nicht die Beste. Ich versuche einfach diese Sache zu vergessen und mich auf die Schule zu konzentrieren, aber man bin ich kaputt. Richtig müde und im Kopf ganz woanders. Da ist dann ne Doppelstunde Geographie wirklich unpassend. Ist ja egal. Ich versuche mich einfach mal zu konzentrieren und dann wird das hoffentlich sch....

Die Zeit wurde gestoppt und alles im Raum ist auf einmal verschwunden. Die Leute und ihre Stimmen, die Tische, Stühle, die Tafel, der Himmel, einfach alles. Es ist so als wäre ich in einem leeren weißen Raum. Mit einer

Ausnahme. Da ist ein Mädchen vor mir. Ihre Augen. Als könnte ich gerade die schönsten Dinge in diesen wundervollen, großen, blauen, funkelnden Augen sehen. Diese Haare. So schön braun und glänzend, vor allem wenn sie komplett offengelassen werden. Dieses Gesicht. Leider zur Hälfte bedeckt durch die Maske, aber dennoch weiß ich ganz genau, wie dieses wunderschöne Gesicht mit dem wundervollen Lächeln dieser Person aussieht. Einmal dieses Lächeln sehen bringt mein Herz zum Rasen und es hört nicht mehr auf zu schlagen. Dazu auch noch diese Ausstrahlung. Als würde ein Engel vor mir stehen und alles um mich herum erhellen. Als wären alle dunklen Seiten auf dieser Welt auf einmal durch ein helles, warmes Licht verschwunden. Als wäre nichts Böses auf dieser Welt mehr übrig, sondern nur Gutes und Wunderschönes. Dieses Mädchen ist einfach perfekt, eine 10/10. Nein. Eine 11/10. Besser geht's nicht. Beim Anblick wird mir ganz warm ums Herz und ich kann im Inneren nicht aufhören zu lächeln. Wenn ich es mir mal so vorstelle, dann hatte ich noch nie so ein großes Lächeln. Das größte Lächeln, was ich jemals hatte? Bestimmt, ohne Zweifel. Dieses wohle und herzerwärmende Gefühl ist unbeschreiblich. Ich bekomme das Bedürfnis es weiterhin zu beschreiben, nicht eine einzige Sache auszulassen und jedes kleinste Detail so detailliert wie nur möglich zu beschreiben. Dafür fehlen mir aber die Worte. Ich bezweifle sogar, dass es überhaupt noch irgendwelche Wörter gibt, die dieses Gefühl beschreiben zu können. Sie ist einfach nur ein Traum. Ein Traum, von dem ich nicht aufwachen möchte.

Warte warte. Was ist gerade passiert? Wollte ich mich nicht auf den Unterricht konzentrieren? Warum kann ich dann meine Augen nicht von ihr abwenden? Warum kann ich nicht aufhören sie anzugucken und an sie zu denken. HÄ!? Ich wollte mir doch erstmal Zeit lassen und erstmal komplett vom alten drüber hinwegkommen. Was soll dann jetzt das??? Ich hab gerade Lehren aus der Vergangenheit gezogen und in der nächsten Sekunde scheiße ich einfach auf die so direkt ohne zu zögern? Und warum sie?

Teil 2: Ein verwirrter Narr

Ich verstehe die Welt nicht mehr. Was ist in diesen wenigen Sekunden mit mir passiert? So etwas habe ich noch nie gespürt. Ich bin so verwirrt. Ich beobachte sie jetzt schon den ganzen Schultag lang. Ich will das gar nicht. Man, ich fühle mich echt wie so ein ekelhafter Stalker. Ich hoffe, sie bekommt nichts davon mit. Ich versuche sie ja nicht die ganze Zeit anzugucken, aber ich kann einfach aus einem unerklärlichen Grunde meinen Blick nicht von ihr wenden und es verwirrt mich. Wie hat sie es geschafft, ohne etwas tun zu müssen, mir den Kopf so krass verdreht zu haben?

Ich liege im Bett und habe die ganze Zeit an den heutigen Vorfall nachgedacht und ich bin immer noch sprachlos. Egal was ich mache, dieses Mädchen will mir nicht aus dem Kopf gehen. Egal was ich mache, sie ist die ganze Zeit in meinem Kopf. Egal ob ich esse, Hausaufgaben mache, mit den Jungs zocke, mit meinem Bruder Serien gucke oder jetzt versuche zu schlafen, sie ist festgenagelt in meinen Gedanken. Was ist los? Warte mal! Kann es sein, dass ich verliebt bin? Kann eigentlich nicht sein. Ich meine, es ist nicht das erste Mal, dass ich verliebt wäre, aber es hat sich noch nie so angefühlt. Doch warum ist es sie schon wieder? Ich hab mir schon häufiger mal Gedanken über dieses Mädchen gemacht, denn sie hatte schon immer etwas an sich. Aber ich würde es mehr als einen Crush bezeichnen, statt zu sagen, ich wäre verliebt. Ich weiß, ich hatte schon mehrmals mal n Crush auf sie gehabt, aber n Crush ist nur oberflächlich und hat in meinen Augen wenig mit wahren Emotionen zu tun. ACH MAN. Ich merke gar nicht, wie widersprüchlich ich eigentlich bin. Ich bin wirklich ein verwirrter Narr.

Ich denke die ganze Zeit nicht an das Oberflächliche und Äußerliche. Klar, ich kann es nicht abstreiten, ich habe in dem Moment, wo es passiert ist heute sehr von ihrem Aussehen geschwärmt und ich meine zu Recht. Sie ist ein wirklich wunderschönes und sehr attraktives Mädchen. In meinen Augen auch das attraktivste Mädchen aus der Klasse. Und auch ich bin nun mal ein normaler Junge und es ist deswegen nichts Besonderes, wenn mich ein Mädchen mit ihrem Aussehen auch beeindruckt hat. In diesem Fall denke ich aber irgendwie nicht an ihr Aussehen. Ich kann es mir nicht erklären. Ich kenne sie kaum und hab nicht viel mit ihr zu tun gehabt. Wir sind nur ab und zu mal zusammen von der Schule den Berg auf dem Weg nach Hause zusammen gegangen. Mehr nicht! Wie kann ich dann an die inneren Werte von ihr denken und behaupten, sie hätte diese und jene Charaktereigenschaft? Ich muss mich gerade auch an die Mittelstufe erinnern. 8. oder 9. Klasse war das. Häufig ist sie mir auf dem Flur entgegengekommen und an mir vorbeigelaufen. Damals ging sie in eine andere Klasse und ich kannte sie deswegen noch weniger, als ich es jetzt tue. Aber auch schon damals habe ich etwas gefühlt. Ich weiß nicht, was es war. Ich habe es auch niemandem erzählt, aber irgendein komisches Gefühl wurde in mir immer, wenn sie an mir vorbeiging, ausgelöst. Etwas Komisches. Nicht im negativen Sinne, sondern vielleicht mehr im Sinne von unerklärlich? Ich weiß es nicht. Ich muss so langsam wirklich herausfinden, was in mir vorgeht und was ich nun für dieses Mädchen fühle. Ich denke schon, dass ich mich verliebt habe, aber ich will der Sache näher auf den Grund gehen. Ich meine, ich hab mir bei den ganzen Crushes die ich hatte auch nichts Großes gedacht. Vielleicht ist es dieses Mal wieder genauso. Wir werden morgen sehen.

Neuer Tag. Es ist so weit. Ab heute muss ich dem Vorfall von gestern genauer auf den Grund gehen. Ich höre mich wie so n Detektiv in diesen schwarz-weiß Filmen an, die so n Mordfall lösen wollen, haha. Die Frage ist nur, wo soll ich anfangen? Soll ich versuchen, mehr mit ihr in Kontakt zu treten? Nein! Erstmal lieber nicht. Wäre mir zu unangenehm, mit diesem Durcheinander in meinem Kopf. Nicht, dass ich was Dummes mache. Ich beobachte meine Gefühle und so alles, bis ich genau weiß, was ich möchte. Ich möchte nämlich nicht noch einmal unnötig verletzt werden. Ich merke, diese Sache aus dem Sommer hat tiefe Spuren hinterlassen, aber darum geht es nicht. Es geht um was anderes.

Ich merke, wie die Gefühle von gestern wieder hochkommen. Oh mein Gott, was ist los mit mir. Ich kann mich den ganzen Tag weder auf den Unterricht noch auf irgendetwas anderes konzentrieren. Sie hat meinen Kopf anders gefickt. Aber das Besondere daran ist auch noch, dass es mir irgendwie egal ist, dass ich mich nicht auf andere Sachen konzentrieren kann, denn stattdessen liegt mein kompletter Fokus auf sie. Vielleicht bin ich doch richtig verliebt. Unnormal. Aber ich bin mir noch unsicher. Es fühlt sich nämlich nicht so an wie sonst, als ich in ein Mädchen verliebt war. Es ist ein ungewöhnliches Gefühl. Fast schon wie eine Illusion.

Ich hab jetzt 2 Freistunden und ich versuche mal runterzukommen und gehe kurz nach Hause. Tamo und ich gehen zusammen nach Hause. Sie ist ja schließlich mit Marwa auch noch gleichzeitig meine Nachbarin. Sollte ich mit ihr darüber reden? Ist doch keine schlechte Idee. Vielleicht kann sie mir besser sagen, was ich fühle. Ich mache es, wenn wir zurück zur Schule gehen.

»Wollen wir nachher zusammen wieder zur Schule gehen?« (Ich dachte ich frag sie schonmal damit ich auch sicherlich mit ihr reden kann.) *»Klar. Lass um halb 12 hier unten treffen.«*

»Perfekt.«

Wir sind jetzt auf dem Weg zurück zur Schule und ich traue mich irgendwie nicht es anzusprechen. Man, was soll das. Ich kenne sie schon etwas länger und wir verstehen uns eigentlich ziemlich gut. Sie wird mir bestimmt helfen. Okay komm.

»Du, kann ich dir was verraten? Ist echt wichtig.« »Ja?« »Ich glaube, ich habe mich in jemanden aus der Klasse verliebt.« (Oh man. Ich hab's einfach gedroppt)

»WAS echt? In wen?« (Sie schien voll aufgeregt und irgendwie voll für mich zu freuen. Das ist echt cool)

»Ich will es nicht direkt sagen. Versuch mal bitte zu raten und ich sage ja, wenn es stimmt.«

(Naja, ob es nun Zufall war oder nicht, sie hat es sofort erraten.)

»Ohhh mein Gott ich wusste es hahaha. Sie ist es also.«

»Ja. Ich bin mir zwar noch irgendwie unsicher, aber ich glaube es zumindest.«

»Ich finde, ihr beide passt irgendwie gut Zusammen.«

»Echt? Oh, Danke schön.« (Meint sie das wirklich? Und warum freut mich das so unnormal, obwohl ich mir noch unsicher bin?)

Wir haben auf dem Rückweg noch ein wenig drüber gesprochen und ich hab ihr alles erzählt, wie es dazu gekommen ist. Wir haben beschlossen, mit Marwa zu reden, die gleichzeitig auch die Cousine von Tamo, mit der ich schon gesprochen hab. Außerdem kenne ich sie schon, seit ich 3 Jahre alt bin. Also seit dem Kindergarten. Ihr kann ich das denke ich mit Sicherheit anvertrauen. Oh man warum bin ich gerade so aufgeregt und freue mich? Ich beschwere mich auf jeden Fall noch nicht.

Es ist Schulschluss und ich bin mit den beiden unterwegs. Ich denke, jetzt sollte ich es ansprechen, oder?

»Er muss auch noch was erzählen. Er hat sich in jemanden aus der Klasse verliebt.« (Oh, sie spricht es einfach an? Na ja dann muss ich es eben nicht.) *»Echt? In wen?«*

Wir haben es ihr erzählt und sie hat sich auch angefangen für mich zu freuen. Ach man, das sind zwei echt tolle Freundinnen, die ich habe.

»Guck mal Tokyo Ghoul. Es ist ein Anime, den sie mag. Geht in so eine leichte Horror-Richtung, aber ich hab häufig auch mit ihr darüber gesprochen und geschrieben. Wenn du dann mit ihr zusammen kommst, hast du es meinen Tipps zu verdanken.« (Ah ja haha)

»Ja okay, Tokyo Ghoul. Schaue ich mir dann mal an.«

Man, mit den beiden darüber geredet zu haben, war irgendwie toll. Ich hab auch gute Tipps von den beiden bekommen. Die muss ich mir auch gut merken und zunutze machen. Aber warte warte. Nicht so voreilig. Ich bin immer noch so unsicher. Ich fühle mich zwar super wohl und sehr glücklich ihretwegen, aber meine Unsicherheit ist immer noch sehr groß und ich weiß nicht, was ich machen sollte. Ich glaube, ich hab wieder sehr große Angst, verletzt zu werden. Traue ich mich überhaupt in etwas neues rein? Schließlich wollte ich mich erstmal gar nicht mehr verlieben. Ich will es trotzdem herausfinden. Sie wirkt komplett anders als alle anderen Mädchen. Das hat sie irgendwie von Anfang an schon. Macht nichts, ich werde es schon noch herausfinden. Ich versuche einfach n bisschen mehr mit ihr in Kontakt zu treten. Vielleicht wird mir das dann zeigen können, was ich gerade wirklich für sie entwickle.

Mehr mit ihr in Kontakt treten? N scheiß mache ich man. Ich hab absolut keine Eier. Ich beobachte sie ständig, aber mit ihr reden tue ich irgendwie überhaupt nicht und das, obwohl ich versuchen will ihr näherzukommen und nun wirklich herausfinden zu können. Ich traue mich nicht und finde keine gute Gelegenheit dazu. Okay, vielleicht mache ich es einfach so: Ich gehe mit ihr den Berg wieder zusammen hoch. Habe ich ja schon häufiger und dann kommt das auch nicht komisch an. Dann sind es zwar nur 10 Minuten oder so, aber vielleicht reicht es fürs Erste und dann sind wir aber auch gewissermaßen unter uns. Zumindest so halbwegs. Aber mehr brauche ich vielleicht am Anfang ja auch nicht. Ich will erstmal nur herausfinden, was ich so fühle und was sie mir bedeutet.

Und bisher ist, es finde ich ganz in Ordnung wie ich es angehe. Ich komme so zumindest mehr mit ihr ins Gespräch und verstehe mich etwas besser mit ihr in letzter Zeit. Sie ist ein sehr nettes Mädchen und mega lieb. Wirklich. So ein liebes Mädchen sieht man selten und hab ich in der Form auch noch nie wirklich gesehen.

Es macht mir immer mehr Spaß, mit ihr zu reden und ich fühle mich immer sehr wohl in ihrer Nähe. Ich weiß nicht, aber mit ihr kann ich irgendwie gut reden. Klar reden wir nur so über normale oberflächliche Themen, aber dennoch kann ich einfach so reden, wie ich es auch normalerweise tun würde und es fühlt sich gut an. Sie gibt mir auch das Gefühl von Offenheit. Sie ist eigentlich ein sehr schüchternes Mädchen, welches in der Klasse nie wirklich sehr krass aufgefallen ist, aber mit ihr zu reden hat mir echt gezeigt, dass sie trotz einer schüchternen Persönlichkeit auch sehr offen sein kann und dass man sich gut mit ihr unterhalten kann. Das gefällt mir echt sehr und hat mich wirklich beeindruckt. Dazu ist mir das nebenbei aufgefallen, aber sie hat eine echt schöne und süße Stimme. Ich hab noch nie so wirklich über Stimmen von Mädchen nachgedacht, aber ihre gefällt mir sehr. Aber ich sollte das vielleicht mehr für mich behalten, weil ich hab das Gefühl, das ist etwas weirdes? Ist ja auch egal. Ich finde außerdem ihr Lächeln und Lachen wirklich krank süß. OH MEIN GOTT schmelze ich dahin, wenn sie mich anlächelt. AHHH. Ganz ehrlich ich glaube, ich bin echt verliebt. Ich bin mir eigentlich schon fast sicher. Ich meine, so wie ich immer von ihr schwärme und rede. Noch nie habe ich so geredet und eigentlich ist das voll kitschig, wie ich von ihr schwärme. Aber was sollte ich nun als Nächstes machen? Ich will halt wissen, wie ich weitermachen sollte. Vielleicht wage ich mal den nächsten Schritt und versuche was mit ihr zu unternehmen? Oh weiß nicht ich bin so schüchtern haha. Vielleicht ist es aber auch wirklich noch zu früh dafür. Ich warte mal ab und schaue, wie es sich weiter entwickelt.

Ich hab es mittlerweile allen meinen engen Freunden erzählt und zum Glück wollen mich alle bei dieser Sache auch sehr unterstützen. Das kann ich ehrlich gesagt auch gut gebrauchen. Ich hab nämlich absolut keinen Plan, was mein nächster Schritt sein sollte. Ich bin aber auch echt viel zu schüchtern man. Ich muss es überwinden. Tamo hat mir zum Beispiel gesagt, dass sie n bisschen mit Sophie quatschen wird und versuchen wird n paar Sachen herauszufinden. Das ist eigentlich gar keine so schlechte Idee. Vielleicht ist es hilfreich erstmal meine Chancen vor Augen zu haben und dann nochmal zu überdenken wie und ob ich weitermachen sollte.

»Also, ich hab schlechte Nachrichten.« (Fängt ja ganz toll an.)

»Du bist gar nicht ihr Typ. Ich hab mit ihr geredet und sie meinte, sie steht nicht auf dich. Sie mag Typen, die größer sind als sie, dunkle Haare haben und älter sind.«

»Ach man scheiße. Danke dir trotzdem.«

Na ja ich hab ja schwarze Haare. Viel größer bin ich leider wirklich nicht. Ich würde sie auf keine 1,65 schätzen und da bin ich halt zwar mit meinen 1,70 schon größer, aber es gibt ja viele Mädchen, denen das immer noch zu klein ist. Schade, dass sie zu denen gehört. Am Alter kann ich leider auch nichts ändern. Es ist halt eigentlich fast kein Unterschied, denn sie ist nur 1 ½ Monate älter als ich und das ist eigentlich nicht viel. Aber jeder so wie er mag. Kann ich nichts ändern. Ach man und jetzt wird das richtig unangenehm zwischen uns sein, da sie weiß, dass ich auf sie stehe.

Warum ist mein Leben immer so kompliziert? Vielleicht sollte einfach auf dem Weg nach Hause das Gespräch zu ihr zu suchen und es einfach so unangenehm zu beenden, wie nur möglich, weil eigentlich mag ich sie sehr und ich möchte nicht, dass es unangenehm zwischen uns ist. Ja, das scheint gut zu sein.

Es ist Schulschluss und ich sollte es einfach ansprechen. Ich will es nicht unangenehm machen und einfach nur klären. Das sage ich ihr vielleicht auch einfach.

»Du ehh können wir kurz reden?«

»Ja.«

»Tamo hat es dir wahrscheinlich ja schon erzählt, oder?«

»Ehh nein. Was denn?«(BITTE WAS?????!!!!! Sie weiß nicht Bescheid? Hää, aber ich dachte… Warum bin ich so behindert. Sie hat nur gesagt, dass sie nicht auf mich steht, weil ich nicht ihr Typ bin. Wann hat sie denn überhaupt einmal erwähnt, dass sie es erzählt hat, dass ich auf sie stehe? Oh fuck digga. Ich bin echt so ein dummer Esel. Was soll ich machen? Sie anlügen mit ner Ausrede? Aber welche? Mit fällt nichts ein. SCHEIßE! Egal. Ich glaube, es bringt nichts mehr. Ich sollte vielleicht einfach nur ehrlich sein.)

»Ehm nun ja wie soll ich es sagen. Ich hab mich eventuell in dich verliebt und Gefühle für dich bekommen.«

»Wirklich?« (Sie lächelt voll und scheint das gar nicht so schlimm aufgenommen zu haben)

»Ja. Ich weiß nicht, aber die Gefühle waren auf einmal da und ich dachte halt, dass Tamo dir das erzählt hat und sie meinte auch, dass ich halt nicht dein Typ sei und du das meintest. Ich dachte mir halt da, dass es vielleicht wo du schon sowieso Bescheid weißt, dass ich einfach direkt mit dir

darüber rede und so dafür sorge, dass es nicht unangenehm zwischen uns sein wird, verstehst du?«

»Ja alles gut. Ich nehme das alles auch ganz gut auf und mir ist das nicht unangenehm. Tamo hat mich auch nur über meinen Typ so ausgefragt und nicht von dir erzählt und ich meinte dann halt, was mein Typ ist und du in diesem Fall leider nicht, aber nimm mir das nicht übel, weil es ist nicht böse gemeint. Ich kann deine Gefühle halt auch nicht erwidern, verstehst du?«

»Jaja und das ist ja auch normal. Ich hab mit nichts anderem in diesem Moment gerechnet. Ich wollte wie gesagt alles nur klären und normal zwischen uns machen, verstehst du?«

»Ja alles gut. Von meiner Seite aus ist alles gut und nichts wird unangenehm sein. Das kann ich dir versichern.«

»Danke dir. Ich hoffe wirklich, dass alles einfach so normal bleiben kann und wir uns immer noch gut verstehen können und den Berg zusammen hochgehen können, weil ich mag das und ich rede halt auch noch gerne mit dir, weißt du?«

»Ja alles gut. Ich mag das ja auch und von meiner Seite ist wie gesagt alles gut und du musst dir keine Sorgen machen.«

Es ist jetzt der ganze Tag schon rum. Ich liege im Bett und kriege kein Auge zu. Ich denke nur an sie. Ununterbrochen. Und ich dachte, ich hab es gut aufgenommen. Die Absage. Ich hätte nicht gedacht, dass sie jetzt so doll weh tun würde. Es war doch nur so eine kleine, normale und nicht mal richtige Absage. Außerdem ist es doch nicht lange her, seit ich in sie verliebt bin. Warum fällt es mir dann jetzt so schwer, diese Sache zu verkraften? Es ist mir peinlich, über so etwas traurig zu sein, obwohl es bestimmt vielen so geht. Ich bin eben nicht ihr Typ und das ist nicht schlimm.

Sie hat nun mal gewisse Vorlieben und ich hab diese nicht zu bieten. Aber WARUM?! Man, ich kann es nicht mehr in mir lassen. Warum kann ich nicht noch keine so n paar, vielleicht 4 bis 5 cm größer sein? Am Alter kann ich leider nichts ändern und ich hab doch dunkle Haare und so ach MAN. Ich merke doch selber, dass das alles Schwachsinn ist, was ich erzähle. Es tut halt weh. Aber wieso? Und wieso verspüre ich den Drang, nicht aufhören zu wollen? Aufhören womit? Mit ihr. Ich hab immer noch Gefühle für sie und ich weiß, dass sie nicht mit nem Fingerschnips verschwinden können, aber mir geht's um was anderes. Ich bin nicht bereit, so leicht aufzugeben. Ich denke in meinem Kopf, dass es vorbei ist und ich nun mal keine Chance habe ihr Freund zu werden, wenn ich halt nicht ihr Typ bin. Aber mein Herz sagt mir etwas komplett anderes. Es sagt mir, ich soll nicht aufhören, um dieses Mädchen zu kämpfen, die Hoffnung nicht bis zum Schluss aufzugeben. Na ja ich bin gespalten. Schließlich habe ich noch nicht viel getan. Mein Kopf sagt mir, dass es vorbei ist und keine Hoffnung mehr gibt und im Gegenzug dazu sagt mir mein Herz, dass es durchaus noch Hoffnung gibt und ich es einfach nochmal versuchen soll. Wenn ich ehrlich bin, dann hab ich das Gefühl, dass ich auf mein Herz hören sollte. Liebe hat nämlich nichts mit Logik zu tun, sondern mit dem Herzen. Ich hab so etwas noch nie gespürt, wie bei ihr. Und das besondere ist, dass ich generell ein komplett anderes Gefühl bei dieser Sache habe, als ich es jemals zuvor bei einer Person hatte, denn immer wollte ich eine Freundin haben, aber dieses Mal ist mir eine Freundin an sich egal. Es geht mir nämlich nur um sie, denn ich will sie. Und deswegen sollte ich vielleicht probieren, ihr Herz zu erobern. Ich dachte am Anfang, es sei fast schon wie ne Illusion. Aber man kann es mir nicht verübeln, ich hab gedacht, ich träume. Die ganze Sache hat mich einfach sehr verwirrt anfangs und mir heftig den Kopf verdreht. Doch mittlerweile hab ich das Gefühl, dass dieser Traum real ist oder zumindest real werden kann. Ein realer Traum kann man schon fast sagen. Na ja, warum nicht. Ist doch schön, wenn ich es schaffen kann und dann in einem Traum lebe. Aber dann muss ich mich auch durch die Herausforderungen durchkämpfen. Ich war zwar ein verwirrter Narr, aber jetzt weiß ich, was ich will. Das ist es mir wert, denn die Liebe ist ein Kampf. Und wenn ich es schaffe den Kampf zu gewinnen, dann hab ich sie regelrecht verdient!

Teil 3: Ein kindisches Kind

Nun, da ich beschlossen haben weiter durchzuziehen und, um dieses Mädchen zu kämpfen, muss ich mir die Frage schlecht hin beantworten. Wie? Dieses Wie ist schwieriger zu beantworten als die Fragen meiner Deutschlehrerin, wenn sie von uns wissen will, wie man diese und jene Stelle in Faust interpretiert. Schlimmes Buch. Nun ja, ich hab es ja geschafft, diesen Unterricht zu überstehen und hab es auch geschafft irgendwie etwas im Unterricht sagen zu können. Dann werde ich es auch dieses Mal schaffen. Auch wenn es bedeutet, dass es lange dauern wird, aber das ist mir egal. Das Ergebnis dieser ganzen Sache sollte stimmen. Mehr will ich nicht. Und ich kann mich fürs Erste auch nicht beschweren. Es war ein richtig dummer Fail und ein großes Missverständnis und nun weiß sie halt von meinen Gefühlen Bescheid. Zum Glück scheint es dennoch zwischen uns voll normal zu sein. Als wäre nie etwas geschehen. Damit kann ich gut leben und bin fürs Erste auch glücklich drüber. Vielleicht ist es vor allem am Anfang ganz gut, denn so kann ich erstmal alles ganz ruhig angehen und ich versuche mal nichts zu überstürzen. Es ist dennoch nicht ganz einfach, aber Liebe ist ja nie etwas Einfaches. Und ich bin ja bestimmt nicht der Einzige, der es so schwer hat, weil alle meine Gefühle für sie in mir stecken, sondern andere sicherlich auch.

Dennoch gibt es immer noch zwei Sachen, die mich im Moment echt stören. Die eine Sache wären einige aus der Klasse. Na ja ihre dummen Kommentare um genauer zu sein. Ich weiß nicht wie auffällig es ist oder nicht, dass ich mich an sie ranmache oder in sie verliebt bin, aber anscheinend wissen viele, sehr viele aus der Klasse Bescheid. Na ja, ich streite es halt immer noch ab, aber das beseitigt mein Problem nicht. Immer gibt es Kommentare zu hören, wenn wir zusammen den Berg hochgehen und was für Kommentare es sind kann man sich schon denken. Es ist ja auch wenig überraschend, dass es ein wenig unangenehm oder nervig für mich ist, auch wenn ich versuche alles mit Humor zu nehmen und mir dieses unangenehme Gefühl nicht anmerken zu lassen. Ich bin zumindest froh, dass sie es anscheinend mit Humor nimmt und ihr scheint es überhaupt nicht unangenehm zu sein. Da bin ich erleichtert und es macht die ganze Sache für mich um einiges einfacher.

Die 2. Sache macht es das leider überhaupt nicht. Na ja, aber da kann ich auch leider wirklich nichts gegen machen, denn das ist überhaupt nicht abhängig davon. Der Grund ist sogar sie. Wie soll ich es sagen. Ich bin wohl nicht der Einzige, der an ihr interessiert ist und was von ihr möchte. Drei weitere Jungs sind auch mit im Spiel. Drei! Das ist echt nicht wenig. Sie scheint wirklich heiß begehrt zu sein haha. Einer von den Jungs geht in unseren Jahrgang, aber um ihn mache ich mir weniger Sorgen, denn ohne respektlos zu sein, er ist schon ein wenig dumm und komisch. Außerdem hat sie mir sogar selbst erzählt, dass er sie mal angeschrieben hat und mit ihr Zeit verbringen wollte, aber sie hat es abgelehnt, weil sie ihn überhaupt nicht kennt und auch gar kein Kontakt zu ihm hat, aber ihn auch n bisschen komisch findet. Na ja, da hab ich wohl echt Glück gehabt. Einer weniger, um den ich mir Sorgen machen müsste. Das macht es leider immer noch nicht einfacher. Ein ehemaliger Mitschüler von uns hat anscheinend Interesse und anscheinend haben die schon seit einigen Jahren recht guten Kontakt miteinander und es ist schon länger sehr offensichtlich, dass er was von ihr will. Das macht mir sehr große Angst vor allem, weil ich nicht weiß, wie sie im Moment immer zueinanderstehen und wie gut sie sich genau verstehen. Marwa meinte zwar zu mir, dass sie nichts von ihm möchte, aber das war früher so. Ich hoffe, dass es immer noch der Fall ist.

Doch diese beiden Jungs sind mir im Vergleich zum 3. Jungen komplett egal. Denn dieser ist ein wirklicher Sonderfall. Nicht, weil er bessere Chancen hat als ich oder so. Sondern weil es zwischen ihm und mir eine gewisse Vorgeschichte gibt, die keinen so wirklich tollen Ausgang hat. Noah ist sein Name.

Wo sollte ich am besten anfangen? Zu Beginn der Oberstufe waren wir sehr gute Freunde. Wirklich. Wir haben die größte Scheiße miteinander gemacht. In der Schule haben wir alles zusammen gemacht, haben uns sehr gut verstanden, generell wie gute Freunde nun mal so sind. Ich habe Noah auch sehr gemocht und auch wenn er vom Typ manchmal n bisschen sehr kindisch, radikal und vielleicht nicht immer vorbildlich gewesen ist und n bisschen anständiger hätte sein können, hab ich sehr viel von ihm gehalten. Dennoch waren genau diese Aspekte der Grund dafür, dass unsere Freundschaft leider zum Ende gekommen ist. Es wurde mir persönlich irgendwann ab einem gewissen Zeitpunkt ein bisschen zu viel, weil ich es nicht mehr so gemocht habe, dass er was gewisse Sachen angingen so radikal gedacht hat und in gewissen Punkten auch sehr rassistisch. Ich meine, ich bin nun mal auch ein Ausländer und da hat mir das alles nicht mehr gefallen. Ich habe mich dann irgendwann angefangen von ihm zu distanzieren, bis er selbst gemerkt hat, dass etwas los ist. Ich wollte dennoch das Gespräch zu ihm suchen und es ihm wenigstens erklären, wieso ich das alles getan habe, denn das war ich ihm denke ich schuldig und ich hab auch das Gefühl zwischendurch bekommen, dass ich es nicht auf die richtige Art und Weise mache, weswegen ich damit alles friedlich zwischen uns klären und abschließen wollte. Er schien zwar irgendwie n bisschen enttäuscht zu wirken, aber zumindest hatte ich das Gefühl, dass er es dennoch ganz gut aufgenommen hatte.

Aber da lag ich wohl falsch, denn er hat es gar nicht gut aufgenommen. Paul hatte nämlich immer noch Kontakt zu ihm und er hat mir häufig erzählt, wie oft er schlecht hinter meinen Rücken über mich redet und Sachen von mir behauptet, die mir völlig fremd waren. Als Beispiel hatte er zum Beispiel gesagt, dass ich der Meinung bin, mich in der Klasse mit mehr Leuten zu verstehen als er und generell einen besseren Ruf innerhalb unserer Klasse zu haben. Er war nämlich anderer Meinung. Und ich war erstmal völlig überrascht, weil ich 1. nie über diese Sache auch nur ansatzweise nachgedacht habe oder irgendwas behauptet habe und 2., weil es einfach stimmt. Das soll nicht abgehoben klingen, aber ich hatte den besseren Ruf innerhalb der Klasse und hab mich mit mehr Leuten aus der Klasse verstanden, als er es hat. Das lag aber nicht daran, dass ich finde, dass ich ziemlich beliebt in der Klasse war. Ich hab einfach nur kein Problem mit irgendjemandem aus der Klasse gehabt und konnte mich gut mit jedem verstehen, anders als er. Aber überwiegend lag es auch daran, dass er einfach nur einen richtig schlechten Ruf in der Klasse hatte. Viele mochten ihn nicht so sehr und hatten kein gutes Bild von ihm, wofür er auch selbst verantwortlich ist. Ständig hat er sich ja mit Lehrern und anderen Schülern beschimpft und generell dumme Sachen angestellt. Da ist es dann auch kein Wunder, dass ich n besseren Ruf habe als er. Aber ich will mich jetzt auch nicht über ihn aufregen oder so.

So wie es nämlich aussah, stand Noah auch auf sie. Und davon wusste ich zwar schon etwas länger, aber als ich das vor ein paar Monaten mitbekommen hatte konnte ich es einfach nicht glauben. Ich bin fast durchgedreht. Denn ich war auf dem Weg nach Hause mit ihr und Marwa und damals hat sie mir erzählt, dass er ihr erzählt hat, dass er Gefühle für sie hat. ABER mir hat er damals in der 10. etwas komplett anderes erzählt. Denn damals hat er sehr oft behauptet, dass SIE AUF IHN steht. Und ich konnte es einfach nicht verarbeiten. Er hat mir so oft erzählt, wie sehr er sich an sie ranmachen könnte, wie sehr sie sich an ihn rangemacht hat und noch mehr, aber das alles war einfach die fetteste Lüge, denn sie hat mir auch erzählt, dass sie ihm n Korb gegeben hat und gar keine Gefühle für ihn hat. Und ich war einfach nur sprachlos. Ich hatte diese ganze Sache eigentlich schon vergessen, aber irgendwann ist mir etwas aufgefallen, die diese ganze Geschichte für mich verändert hat. Nämlich hat er nach einem bestimmten Zeitpunkt angefangen, mir von dieser Sache zu erzählen. Es war in der 10. Klasse und ich habe ihm damals etwas anvertraut. Nämlich, dass ich vielleicht n Crush auf sie habe. Das war auch der allererste Crush den ich auf sie geschoben habe und er hat angefangen, mit mir drüber zu sprechen und hat mir allerdings gesagt, dass es n bisschen komisch wirken würde, wenn wir zusammenkommen würden. Und als ich ihm nach dem »Wieso« fragte, hat er angefangen schlecht über sie zu sprechen. Er hat Dinge von ihr erzählt, die sie in ein sehr schlechtes Licht geworfen hat und auch einige Dinge erzählt, die er hätte vielleicht gar nicht erzählen dürfen, weil sie ihm als Geheimnisse anvertraut wurden. Ich hab dennoch mein Meinungsbild über sie dadurch nicht geändert, obwohl ich ihm die Sachen geglaubt habe. Na ja er war schließlich ein guter Freund von mir, dem ich sehr vertraut habe. Was ich allerdings erst viel später erkannt habe, ein paar Wochen, nachdem ich endlich erkannt habe, was ich für sie empfinde ist, dass er diese Dinge nicht gesagt hat, weil er sie so fand, sondern weil er mich von ihr abschrecken wollte und das Ziel hatte, dass ich nicht mehr ein Crush auf sie schiebe. Und das alles, weil ER auf sie stand. Für mich war das alles ein riesiger Schock. Wie ein heftiger Plottwist in einer Serie oder nem Film, der die Zuschauer schockiert. Ich hab das auch mal nebenbei Marwa erzählt, als wir zusammen den Berg hochgegangen sind und na ja danach hab ich nicht mehr an dieser Unterstellung gezweifelt, denn ihre Reaktion war einfach nur folgende:

»Ach und das fällt dir erst jetzt auf?« (Sie hat recht. Ich Esel hätte früher darauf kommen müssen)

»N guter Freund schien er wohl nicht gewesen zu sein!«

Oh nein, das war er wohl doch nicht! Immerhin schien es mir egal zu sein, was er erzählt. Denn wer weiß, ob ich jemals all diese Gefühle und Emotionen für sie entwickelt hätte.

Nun ja. Das zur Vorgeschichte mit ihm, aber wo genau liegt das Problem denn jetzt? Er hat zwar anscheinend auch Gefühle für sie und diese schon etwas länger, aber dennoch hat er ein Korb von ihr kassiert, oder nicht? Ja, das alles auch, nur das Problem ist, dass er immer noch nicht abgeschlossen hat und es weiterhin versuchen möchte. Nun ja da kann ich nicht viel ändern und eigentlich ist das ja nichts Schlimmes, da sie ja nicht mein Eigentum ist und ich hab da kein Recht mich einzumischen, wen sie am Ende als ihren Freund haben möchte und deswegen kann ich niemanden davon abhalten sich an sie ranzumachen und das habe ich auch nicht vor! Er versucht mir nur in die Quere zu kommen. Er fuckt mich richtig krass ab und lässt mich auch einfach nicht in Ruhe mit all den Sachen. Ständig erzählt er schlechte Sachen über mich, unter anderem auch ihr, von denen alles nicht stimmt. Vielleicht hat er ja etwas erzählt, wovon ich nichts mitbekommen hab, was vielleicht stimmt. Kann ja sein, denn ich hab ja auch Fehler gemacht und bin kein perfekter Mensch, aber dennoch ist das in meinen Augen einfach nur absolut frech. Es gehört sich einfach nicht und ich mache es deswegen auch nicht.

Wie gesagt, dieses Mädchen ist heiß begehrt. Da kann es nun mal nicht einfach werden. Das erwarte ich aber auch nicht und das ist mir auch ehrlich gesagt egal, denn ich bin bereit für dieses Mädchen zu kämpfen. Und ich sollte mich auch mehr auf sie fokussieren als auf sonst irgendetwas. Es geht mir ja schließlich um sie und um nichts anderes.

Ich erinnere mich gerade auch an den Geburtstag von mir am letzten Wochenende. Sie war auch eingeladen. Aber irgendwie fand ich den Geburtstag mega cool. Wir haben zu 11. zusammen gechillt, n bisschen geredet und zusammen auch, weil uns nichts Besseres einfiel, einfach Wahrheit oder Pflicht gespielt. Haben uns die ganze Zeit witzige Sachen gefragt oder uns lustige Pflichtaufgaben gegeben und eine Sache hat mir ganz besonders gefallen. Ich hab bei einem Freund gefeiert und der hatte im Keller eine Sauna und ihr wurde die Aufgabe gestellt, mit irgendeinem Jungen ihrer Wahl in die Sauna für ne Zeit alleine zu chillen. Bevor sie gesagt hat, mit wem sie rein möchte, hab ich die ganze Zeit innerlich gebetet und die ganze Zeit gehofft »Bitte nimm mich! Bitte nimm mich!«. Und sie hat es auch getan. Innerlich dachte ich mir in dem Moment »JA!«. Ich war so happy, obwohl es nur ne Kleinigkeit gewesen ist, aber dennoch machen mich selbst die kleinsten Sachen, die mit ihr zu tun haben, sehr happy. Und wir saßen zusammen in der Sauna und auch wenn es nur kurz war konnten wir uns sehr gut unterhalten und konnten auch viel zusammen lachen. Ich glaube ein Mädchen zum Lachen zu bringen ist immer gut. Und generell sonst kann ich mich nicht beschweren, was den Abend angeht.

Irgendwann so um ca. 2 oder 3 Uhr morgens musste sie dann auch nach Hause und alle meine Kollegen haben mich mit so nem schiefen Blick angeguckt, um mir zu verdeutlichen »Digga, jetzt sag ihr schon, dass du sie nach Hause bringen willst!« Ja, ich war wieder schüchtern, aber immerhin hab ich es dann auch getan. Und wir haben dann n bisschen wieder zusammen gequatscht und ich merke echt, wie viel Spaß und Freude ich dabei habe, mit ihr Zeit zu verbringen und es macht mich sehr glücklich. Dieses Mädchen hat ne wirklich kranke Superkraft, denn in letzter Zeit schafft es niemand auch nur annähernd mich so glücklich zu machen, wie sie es schafft und das finde ich echt krass.

»Danke schön übrigens.«

»Wofür danke?«

»Dafür, dass du mich nach Hause bringst. Das ist echt sehr lieb von dir.«

»Ach komm, das mache ich gerne. Es ist schon sehr spät und auch noch sehr dunkel und da wollte ich dich lieber nicht alleine nach Hause gehen lassen und dich nach Hause bringen, weil es so sicherer für dich ist und dann weiß ich so auch, dass du sicher angekommen bist.«

»Trotzdem, das ist echt sehr lieb von dir.«

»So wir sind da.«

»Hier wohnst du also?«

»Jap. Das Haus hier ganz rechts da.«

»Ah ganz cooles Haus habt ihr.«

»Danke schön.«

»Ich mach mich dann auch auf dem Weg. War ganz schön heute mit dir, danke dass du da warst!«

»Fand ich auch. Danke nochmal für die Einladung. Komm gut nach Hause.«

Von beiden kam doch ein *»Bis dann!«* und wir haben uns umarmt und es hat sich schön angefühlt. Sie ist einfach ein wirklich bezauberndes Mädchen.

Als ich dann zurück zu den Jungs zugestoßen bin haben wir echt viel über sie gesprochen und alle waren davon überzeugt, dass es zwischen uns was werden kann. Das hat mich übelst glücklich gemacht und mir neue Hoffnungen geschenkt.

Später um circa 5 oder 6 Uhr morgens sind dann Pelle und ich zusammen auf dem Weg nach Hause gewesen und haben auch nochmal drüber gesprochen.

»Hör zu. Bisher hab ich alles immer nur so mitbekommen wie alles zwischen euch war und so ne, aber heute hab ich es auch mal gesehen, wie ihr miteinander redet, abhängt und so und ich denke safe, dass es was werden kann, weil sie scheint sich sehr gut mit dir zu verstehen, fühlt sich wohl in deiner Nähe und wenn du jetzt noch n bisschen mehr Zeit mit ihr verbringst und vielleicht keine Scheiße baust, dann denke ich definitiv, dass es werden kann.«

»Glaubst du wirklich?«

»Hä ja safe! Du musst jetzt aber auch weitermachen.«

»Ja normal.«

»Scheint gut für dich zu laufen, muss ich ganz ehrlich sagen.«

Ach der Geburtstag war echt toll. Und es scheint heute wirklich gut zu laufen. Und heute auf dem Weg zur Schule hat sie mich gefragt, ob sie mit mir reden kann, weil es eine Sache gibt, die sie beschäftigt. Sie meinte, ich bin so mega nett und da wollte sie mir die Sache anvertrauen und Hilfe von mir bekommen. Sie vertraut mir also. Das ist richtig gut. Worüber will sie eigentlich reden? Werde ich schon noch herausfinden. Wir haben gerade Pause und sie wollte in der Freistunde drüber reden.

Aber bevor es zur Freistunde kam, hatten wir noch Unterricht. Im Moment haben wir ne 5 Minuten Pause und ich frage mich die ganze Zeit, worüber sie reden will, bis plötzlich mich Noah antippt.

»Können wir kurz reden?«

»Ok.« (Was will er jetzt von mir) Wir sind kurz aus dem Raum rausgegangen, um reden zu können.

»Also guck mal. Wir beide stehen auf sie, ne? Und ich muss ganz ehrlich sagen, dass ich das schon dreist von dir finde und asozial.« (Hä?!)

»Ok, du musst wissen, ich kann dich verstehen und kann das auch nachvollziehen.«

»Du musst aber auch verstehen, dass ich nun mal auch Gefühle für sie habe und wenn sie nun mal da sind und ich eben sehr stark und intensiv für sie empfinde, dann kann ich ja nun auch eigentlich nichts dafür.«

»Ja, aber du musst wissen, ich stand schon vorher auf sie und länger.« (JA UND? Denkst du sie ist dein Eigentum oder was?!)

»Ich stehe schon seit der 1. Klasse auf sie.«

»Ja, aber es ändert doch nichts an meinen Gefühlen. Guck mal, ich rede voll vernünftig und verständnisvoll mit dir und so ne, aber dann würde ich auch hoffen, dass du Verständnis für mich hast.«

»Ich hab auch Verständnis für dich.« (Das hört sich aber nicht so an!)

»Ok dann ist doch eigentlich alles geklärt. Jeder macht sein Ding und wir kommen uns nicht in die Quere!«

»Ja von mir aus. Aber es gibt noch eine Sache.« (Was will er denn jetzt noch?)

»Ich hab in letzter Zeit mitbekommen, dass du vor der Klasse Scheiße über mich erzählst.« (BITTE WAS???)

»HÄ! Das stimmt nicht mal mehr. Wann soll ich scheiße über dich erzählt haben?«

»Weiß ich nicht, aber anscheinend hast du das ja getan.« (Digga bist du komplett behindert?)

»Wer hat dir denn gesagt, dass ich das tue?«

»Sie hat mir auch n paar Sachen erzählt. (WAIT WAS?)

»Hä? Ich weiß ja nicht, was sie dir alles erzählt hat, aber ich hab nie vor der Klasse scheiße über dich erzählt. Höchstens hab ich dich nur erwähnt, als mich n paar gefragt haben, warum wir keine Freunde mehr sind und da hab ich auch nichts Schlechtes gesagt.« (Er lügt bestimmt. Sie hat niemals so etwas über mich erzählt.)

»Ja und warum auch?«

»Ja, weil die mich gefragt haben. Aber wie gesagt, selbst da hab ich keine Scheiße über dich erzählt.«

»Trotzdem. Das macht man nicht. Das hat was mit Anstand zu tun!« (DIGGA WAS? Er macht mich so wütend. Ich verstehe nicht, was sein Problem ist. Ich muss mich echt beherrschen, weil ich bin echt kurz davor ihn zu boxen.)

»Bro ich bin ehrlich, ich hab keine Ahnung, was dein Problem ist.«

»Mein Problem ist, dass du Scheiße über mich erzählst!«

»Wie oft denn noch? Ich hab das nicht getan!«

»Wie wäre es damit, dass wir sagen, dass du es ab jetzt einfach seien lässt und keine Scheiße über mich erzählst und dann vergessen wir die ganze Sache ja?« (EY! Ach ist egal, hab kein Bock mehr darauf.)

»Ja ok.«

Ey, was war das hier gerade? Er nervt mich so doll! Aber eine Sache verwirrt mich mehr als alles andere. Warum sollte sie sowas erzählt haben? Ich hab doch nichts getan. Wollte sie vielleicht auch genau darüber reden? Vielleicht.

Ich werde es ja schon bald erfahren. Eine Stunde noch, dann hab ich ja Freistunde. Dann erfahre ich vielleicht mehr.

Wir haben jetzt endlich zwei Freistunden und dazu auch noch große Pause. Das sollte genug Zeit zum Reden sein. Wir sind zusammen zur Pausenhalle gegangen und sie hat angefangen zu erzählen.

»Also du kannst dir ja schon denken, dass es um Noah geht. Und ich weiß, dass er Gefühle für mich hat, aber ich fühle nicht so für ihn und ich ihm das 2 Mal schon gesagt. Und ich hab das Gefühl, dass er mir deswegen ein schlechtes Gewissen machen will.«

»Inwiefern?«

»Naja ab und zu mal treffe ich ihn auf dem Weg nach Hause, nachdem wir uns immer am Kreisel verabschieden und gehen dann n kurzes Stück zusammen. Und oft sagt er mir zum Beispiel Sachen wie zum Beispiel, dass ich wie eine Russin aussehe oder sehr große Glupschaugen hab.«

»Warte was? Ist er dumm oder so?«

»Er meint es vielleicht nur nett und als Kompliment, aber mir gefallen diese gar nicht und es nervt mich mehr.« (Oh man wie dumm, kann man nur sein)

»Außerdem meint er dann manchmal etwas und sagt direkt danach, dass er das eigentlich nicht sagen kann, weil wir ja nicht zusammen seien und ich bekomme dadurch immer ein schlechtes Gewissen. Außerdem hab ich das Gefühl, dass er meinetwegen auf die schiefe Bahn gerät, weil ich ihn abgewiesen habe und das macht mich ein wenig fertig.« (Der Typ ist ein mieses Arschloch. Wie kann er sie nur so fertig machen und das nur, weil er m Korb kassiert hat!)

»Hör zu, du hast absolut keine Schuld und es gibt keinen Grund, weswegen du dich schlecht fühlen solltest. Vertrau mir, du hast absolut keine Schuld. Es ist seine eigene Schuld, weil er damit selber schlecht umgeht und da hast du nun mal keinen Einfluss drauf und kannst nichts gegen machen.«

»Ja vielleicht hast du recht. Er wollte sich die Tage mal wieder mit mir treffen, weil er mit mir reden wollte und ich kann mir halt schon denken, dass es wieder um unser Verhältnis geht. Ich weiß halt nicht, was ich ihm da alles sagen sollte.«

»Am besten sagst du ihm alles und bist ganz ehrlich zu ihm. Es kann dann auch sein, dass du unbewusst hart zu ihm sein wirst, aber dann ist es so. Manchmal muss man hart sein und du warst vielleicht zu lange zu lieb. Aber kann ich dich fragen, ob du wirklich nichts von ihm willst und dir da auch sicher bist?«

»Ja ich bin mir ganz sicher!« (Sie hat kaum gezögert und es direkt gesagt. Na ja n bisschen froh bin ich schon, weil somit hab ich mit einem weniger zu tun. Jeder andere wäre safe genauso haha.)

»Dann sag ihm das am besten auch so schnell und zu ihm, wie es nur geht, damit es für dich auch ein Ende hat, weil der Typ kann einem echt auf n Sack gehen.«

»Ja ich weiß und ich hab das zwischen euch ja auch gemerkt.«

»Ja ich weiß. Das heute haben leider n paar aus der Klasse mitbekommen.«

»Ach so ja, aber ich meine jetzt nicht nur heute.« (Wie meint sie das?)

»Heute auf dem Weg zur Schule meinte er zum Beispiel, dass er das Gefühl hat, dass du ein Problem mit ihm hast. Ich hab ihm dann geraten vielleicht mit dir zu reden, wenn er es unbedingt klären will, aber ich hätte es lassen sollen, weil meinetwegen habt ihr euch dann auch gestritten.« (Ich wusste doch, dass sie nicht gelogen hat und er alles erfindet. Der Typ ist so n Wichser)

»Nein hey, das stimmt nicht. Das ist seine Schuld und vielleicht auch gewissermaßen meine Schuld. Wir haben es nicht vernünftig geklärt und damit hast du nichts zu tun. Er hat einfach behauptet, dass ich vor allen Leuten schlecht über ihn rede, was überhaupt nicht stimmt und na ja er hat angefangen so richtig komisch zu argumentieren und irgendwann ist mir das auch fast zu viel geworden und ich war wirklich kurz davor ihn zu schlagen, weil mich das so abgefuckt hat. Das war vielleicht falsch von mir, aber vielleicht verstehst du mich.« (Ich darf ihr auf keinen Fall erzählen, dass auch um sie ging. Das würde komisch ankommen und ich hab außerdem mit ihm ausgemacht, dass wir beide uns nicht in die Quere kommen und daran halte ich mich auch.)

»Doch ich verstehe dich und ich finde das auch komisch, weil ich hab das auch nie mitbekommen und ich würde dir das auch nicht zu trauen. Anfangs hat er auch schon immer mal was über dich erzählt und so, aber mittlerweile glaube ich ihm das nicht, weil du so ein netter und anständiger Typ bist.« (Ach man wie süß von ihr, haha.

Tja im Moment hoffe ich, dass ich ihr etwas helfen konnte. Ihr scheint es die letzten Tage auch wieder etwas besser zu gehen und das freut mich sehr. Sie hat mir erzählt, dass sie sich zwar noch nicht mit ihm getroffen hat, aber das auch erst nachher machen will, weil sie sich erstmal auf das Vor-Abi konzentrieren will. Finde ich gut von ihr und vielleicht sollte ich das auch tun. Aber ich komme bestimmt schon irgendwie durch. Das Einzige wovor ich wirklich Angst habe ist Deutsch, denn ich bin wirklich scheiße in Deutsch. Na ja, wenig überraschend als Ausländer hahaha. War nur Spaß. Aber das wird schon. Außerdem hab ich auch noch n Führerschein zu machen. Die Fahrstunde heute war ganz gut. Jetzt muss ich halt nur n bisschen mehr Fahrstunden machen und vielleicht darf ich dann zur Prüfung, wenn Corona nicht alles wieder verdirbt. Ist auch egal. Ich bin erstmal heute gut durchgekommen und für dieses Jahr reicht es auch. Jetzt kann ich erst sowieso im nächsten Jahr wegen Winterferien eine weitere Fahrstunde machen.

Im Moment bin ich auf dem Weg nach Hause von der Fahrstunde und plötzlich höre irgendwas Komisches. Irgendwie Schritte und Stimmen? Keine Ahnung. Bilde ich mir das nur ein? Nein, denn ich drehe mich um und sehe so das 2 Typen mir hinterhergelaufen sind.

»Ey bleib mal kurz stehen.« (Wer ist das? Hab ihn noch nie gesehen. Außerdem ist es mega dunkel und ich sehe absolut nichts. Warte, da ist noch einer.)

»Hi.« (NOAH?! Was will er?)

»Was gibt's?« (Warum guckt der andere Typ mich so an und warum stehen sie so nah an mir. Will er mich boxen oder was?)

»Guck mal. Ich will kein Stress, aber du sollst einfach keine Scheiße über mich labern.«

»Wir haben uns doch schon letztens darüber unterhalten, oder nicht?« (Warum kommt er wieder damit an?)

»Ja ich weiß, aber trotzdem. Und wehe, du tust das noch einmal, sonst ne...« (Was hast du gerade gesagt?)

Sein Kollege und er sind einfach gegangen. Der Typ hat mir einfach gedroht. Dieser Hund. Was denkt er, wer er ist! Ich glaube einfach nicht, was passiert ist. Ich rufe sofort Pelle an. Ich hab ihm alles erzählt. Wir sind auch gerade zusammen draußen unterwegs und ich bin so wütend auf ihn. Ich hab Noah auch direkt angeschrieben und ihm gesagt, dass ich mit ihm telefonieren will. Pelle ist auch mega wütend und checkt nicht, was sein Problem ist. Er ist einverstanden, nachher zu telefonieren.

»Ey, aber bleib trotzdem ruhig, wenn ihr telefoniert, weil sonst führt das zu Nichts.«

Ist es ein guter Rat? Ja! Sollte ich auf ihn hören? Ja! Werde ich es auch tun? Nope!

Nach über ner Stunde, ruft er jetzt endlich an.

»Hallo, hörst du mich?«

»Ja. Warum willst du reden?«

»WARUM? Jetzt hör mir mal zu. Bist du komplett dumm? Was sollte das vorhin, digga?«

»Ich wollte dir halt nochmal sagen, dass du keine Scheiße über mich erzählen sollst und die Klasse da raushalten sollst.«

»Und was machst du? Du erzählst es deinem Kollegen und dann kommt ihr auf mich zu und droht mir einfach. Gefühlt wolltet ihr mich zusammenschlagen.«

»Er wollte es auch. Du solltest froh sein, dass ich ihn aufgehalten hab.« (N SCHEIß SOLLTE ICH!)

»Digga du laberst einfach nur Müll. Hörst du dir überhaupt zu? Du willst, dass ich die Klasse nicht mit einbeziehe,

aber selber erzählst du es deinen Kollegen, mit denen du mich dann zusammenschlagen willst.«

»Ja, aber bei der Klasse ist es eine andere Sache.«

»Wie denn das?«

»Naja ich meine ich erzähle vor meinen Freunden keine Scheiße über dich.«

»Digga safe du lügst gerade. Und wie oft denn noch, ich habe vor der Klasse nicht schlecht über dich gesprochen, man check es doch endlich.«

Die ganze Sache ging mindestens 10/15 min und es war der reinste Kindergarten und ich bin auch echt ein kindisches Kind. Ich hab kein Bock auf sowas und dennoch lass ich mich auf so etwas ein. Pelle hat mich ständig versucht zu beruhigen, aber leider war ich zu stur in diesem Moment, wie so n dummer Affe.

»Ganz ehrlich, ich glaube, dein Problem ist nicht, dass ich angeblich schlecht über dich gesprochen habe. Nein. Dein Problem ist, dass wir beide auf sie stehen und du kannst diese Sache überhaupt nicht ab. Genau deswegen schiebst du auch so n Hass auf mich.«

»Das stört mich auch, aber ist nicht die Hauptursache.«

»Ganz ehrlich ich hab kein Bock mehr. Das ist so kindisch und es führt zu Nichts. Außerdem checke ich deine Argumente immer noch nicht und hab auch kein Bock mehr drauf.«

Ich hab einfach aufgelegt und auch kein Bock mehr auf diese Kopfschmerzen gehabt. Meine Fresse ist er nervig.

»Bro, was war das gerade? Ich hab seine Argumentation ja auch so gar nicht verstanden, haha.«

»Bro ich ja auch nicht. Deswegen hab ich am Ende auch einfach aufgelegt, weil es hatte keinen Sinn mehr.«

»Ja normal. Aber vergiss die Sache einfach.«

»Ja ich versuche es.«

Auch wenn ich den Typen nicht ernst nehmen kann und das alles einfach nur kindisch ist, was von uns beiden kommt, es geht mir nicht aus dem Kopf und ich denke ständig daran. Ich checke halt nicht, wieso man so widersprüchlich sein kann und warum macht er aus der ganzen Sache so ein großes Drama draus macht. Das ist alles so unnötig und einfach nur unpassend. Ich hab viel Wichtigeres am Laufen und dann kommt er. Ich verstehe auch nicht, was ich machen sollte. Ich hab so oft mit ihm gesprochen und es hat zu nichts geführt. Klar auch ich hab da eine gewisse Schuld, aber das ändert halt nicht die Tatsache, dass es immer noch abfuckt und kein Ende nimmt und ich hab genug davon. Bisher konnte mir auch niemand helfen. Weder Pelle noch Lasse, Marwa oder sonst, wer. Wie wollen die mir aber auch dabei helfen. Vor allem, weil die alle ihn weniger kennen als ich und somit erst recht weniger dazu sagen können, wie ich an die Sache herangehen sollte. Warte Mal. Sollte ich sie fragen? Sie kennt ihn ja ganz gut und hat ja auch mit ihm Probleme gehabt und sie vielleicht auch schon geklärt. Sie weiß bestimmt, wie ich am besten mit ihm reden sollte und es endlich klären kann. Aber ich will sie im Moment damit nicht nerven, weil sie ist bestimmt wegen des Vor-Abis in sehr beschäftigt. Eine Prüfung haben wir ja noch vor uns und da wird sie bestimmt fleißig am Lernen sein. Vielleicht rede ich einfach mit ihr, wenn das Vor-Abi vorbei ist, weil dann haben wir ja auch Ferien und sie wird nicht so viel um die Ohren haben wie jetzt. Mach ich denke ich am besten so.

Das Vor-Abi ist seit heute endlich vorbei. Wir haben heute die letzte Prüfung in Mathe geschrieben und haben jetzt endlich auch Ferien. Soweit so gut, aber ich will sie ja auch noch ansprechen wegen der Sache letzte Woche. Wir sind im Moment auf dem Rückweg und ich warte einfach nur auf ne passende Gelegenheit es anzusprechen.

»Du, kann ich dich vielleicht um ein Rat bitten?«

»Ja klar, was gibt's?«

»Du weißt ja, dass ich mit Noah so ab und zu mal ne Auseinandersetzung hab und so.«

»Ah ja. Ich hab ja mit ihm gestern gesprochen und alle meine Probleme zum Glück mit ihm geklärt und da hat er mir auch erzählt, dass ihr am Wochenende n Streit hattet.«

»Ja kann man auch so sagen. Am Freitag hab ich ihn spontan getroffen und er war da mit nem Kollegen von ihm da und hat mir gedroht und der Typ wollte mich auch zusammenschlagen.«

»Oh echt? Das hat er mir verschwiegen.« (Natürlich verschweigt er sowas. Vor allem vor dir.)

»Ja, keine Ahnung, was sein Problem war. Er war halt auf einmal da und dann ist es passiert und wir haben dann später auch telefoniert und es war halt der reinste Kindergarten. Ich will das halt alles geklärt haben, weil mich sowas nur unnötig abfuckt und nur unnötiger Stress ist, auf den ich keinen Bock habe. Da dachte ich vielleicht, dass ich mir vielleicht n Rat von dir holen kann, weil du ihn ja auch so gut kennst wie ich und ja auch letztens noch mit ihm gesprochen hast und vielleicht weißt, wie ich vorangehen sollte, weißt du?«

»Ja klar, kann ich gerne machen.«

»Perfekt danke dir. Wenn du willst, können wir uns auch einfach morgen treffen und reden, wenn du jetzt nach Hause musst.

»Okay können wir.«

»Perfekt. Dann bis morgen.«

»Tschüss bis morgen.«

Am nächsten Tag haben wir uns am Nachmittag getroffen und ich hab ihr die ganze Story von Anfang an erzählt. Hat n bisschen gedauert, aber es gab ja auch viel zu erzählen. Immerhin ist ja auch nicht wenig passiert.

»Sry, aber ich muss schon echt sagen, dass das wie im Kindergarten ist.« (Höre ich nicht zum ersten Mal.)

»Ich weiß und du musst wissen, dass ich es ja auch scheiße finde, wie alles abläuft und kein Bock mehr darauf habe.«

»Verstehe ich und ich hab ja auch mit ihm letztens gesprochen und er hat dich irgendwie komischerweise sehr oft zur Sprache gebracht. Ich hab das Gefühl, dass er n ziemlich großen Hass auf dich schiebt.«

»Das wundert mich ehrlich gesagt nicht n bisschen.«

»Wenn wir irgendwie herausfinden könnten, warum er so n Hass auf dich schiebt.« (Ach wenn du bloß wüsstest.)

»Hast du vielleicht schonmal überlegt ein weiteres Mal mit ihm zu sprechen und es noch ein weiteres Mal zu klären?«

»Ich hab es gar nicht in Betracht gezogen. Ich meine, die letzten Male hat es nirgendwo hingeführt.«

»Das verstehe ich ja, aber vielleicht probierst du es ja noch einmal, weil ich denke, dass ihr vielleicht nochmal miteinander reden solltet und wenn du willst bin ich auch dabei und versuche als neutrale Person euch zu helfen.«

»Ich weiß nicht. Ich hab aber auch keine Ahnung mehr, wie ich generell was machen sollte, musst du wissen.«

»Ich meine wäre besser als nichts, oder?«

»Vielleicht. Aber wenn du sagst, dass es ne gut Idee ist, dann würde ich es machen.«

»Du musst das entscheiden. Was du für richtig hältst!«

»Ja ich glaube, vielleicht ist es n Versuch wert.«

»Okay. Wenn du willst, kann ich ihn anrufen und n Treffen organisieren. Dann könnt ihr das heute noch klären.«

»Ja klar.«

Kurz darauf haben wir uns mit Noah getroffen. Schon als er vom weiten kam, schien er nicht besonders begeistert zu sein. Mal hoffen, dass es jetzt klappt.

»Hi. Guck mal, ich fange direkt an. Du weißt ja, dass wir in letzter Zeit n paar viele Auseinandersetzungen hatten und wir beide haben denke ich kein Bock mehr darauf. Ich wollte halt versuchen, auch weil sie es mir geraten hat, nochmal mit dir drüber zu sprechen und es vielleicht zu klären, weil ich glaube, du hast auch kein Bock auf unnötigen Stress und so.«

»Ja ne ich hab auch kein Bock darauf. Aber schon komisch, dass du es jetzt auf einmal klären willst, oder nicht?«

»Guck mal, ich weiß, dass auch ich mich n paar Mal falsch verhalten hab und so, aber dennoch ist es doch besser, wenn wir es nochmal probieren oder nicht?«

»Ja doch und ich will es auch geklärt haben. Aber jetzt mischt sie sich auch schon wieder ein und so ne?«

»Ich bin ja hier nur, um euch zu helfen und den Streit zu beenden. Quasi ne neutrale Person.«

»Ja okay.«

»Wie wäre es mit, dass wir es einfach versuchen, dass wir uns beide einfach in Ruhe lassen und einfach die ganze Sache vergessen?«

»Ja okay, aber ich möchte dann auch, dass du keine Scheiße mehr über mich laberst.« (Er checkt es immer noch nicht, oder? Ist ja auch egal.)

»Ja okay.«

»Dann gut.«

Einmal noch Hand geben und dann haben wir uns auch verabschiedet und ich bringe sie noch einmal nach Hause und die Sache ist ENDLICH vorbei. Ich bin so froh, dass es endlich ein Ende gefunden hat. Ohne sie wäre das vielleicht auch nicht passiert.

»Ich muss mich nochmal echt bei dir bedanken! Du hast mir sehr geholfen und generell meine Lage gut verstanden. Ich danke dir echt!«

»Ach alles gut. Ich hab gerne geholfen. Außerdem kann ich mir gut vorstellen, wie nervig das alles gewesen ist und bin deswegen auch froh, dass ich euch helfen konnte und die Sache nun zwischen euch geklärt ist.«

»Dann bringe ich dich noch nach Hause und haue dann auch ab.«

»Okay gerne.«

Sie ist echt so toll. Ich kann es gerade echt nicht in Worte fassen. Wie lieb und süß kann man einfach nur sein?

Ich hab sie am selben Abend nochmal angeschrieben und mich nochmal bei ihr bedankt, dass sie mir geholfen hat und weil ich es auch irgendwie wollte und die anderen auch meinten, dass es ne gute Idee ist, hab ich sie gefragt, ob wir uns in den Ferien mal treffen wollen, weil es mir sehr viel

Spaß macht mit ihr Zeit zu verbringen. Sie hat heute Morgen geantwortet und meinte, dass es ihr auch Spaß macht und wir uns gerne treffen können. Ich bin immer noch sooo aus dem Häuschen und freue mich voll darauf. Vor allem, weil die Sache mit dem Typen jetzt auch geklärt ist, kann ich mich mehr auf sie fokussieren und endlich mehr Ruhe haben.

Durch diese Sache hab ich aber auch herausfinden können, dass ich sie wirklich will, weil er hat ja nur Probleme gemacht, weil ich ja auch auf sie stehe und er ja auch. Wundert mich aber nicht, denn sie ist ja, wie ich bereits sagte, anscheinend heiß begehrt. Aber genau aus diesem Grund war er meine erste richtige Herausforderung auf diesem Weg und ich hab sie mit ganz viel Mühe überstanden. Jetzt bin ich erst recht motiviert weiterzumachen und weiter um dieses Mädchen zu kämpfen, denn ich hab sie so sehr lieb. Ich schaffe das hoffentlich auch und wenn es weiterhin so gut läuft wie jetzt und ich hoffentlich keine Scheiße baue, dann könnte mir vielleicht nichts mehr im Weg stehen und mein größter Wunsch, dass ich ihr Herz erobern kann wird dann zum Glück in Erfüllung gehen!

Teil 4: Ein verzweifelter Overthinker

Heute ist der letzte Tag der Winterferien und diese waren vom Gefühl her viel zu kurz. Ich hätte deutlich längere Ferien gebraucht, um mich wirklich gut erholen zu können. Schließlich ist auch viel in den Ferien los gewesen. Allerdings mehr auf gedanklicher Ebene und bei meinem Glück auch leider nichts Erfreuliches.

Ich hab in diesen Ferien eigentlich nichts vorgehabt. Wegen Corona konnte man schwer verreisen und Weihnachten feiert meine Familie auch nicht. Also waren wir auch gar nicht so in der Feiertagsstimmung. Es gibt zwar noch Silvester, aber da war ich leider überhaupt nicht in der Stimmung zu. Weshalb? Das liegt vielleicht an dem, was vorher in den Ferien so alles passiert ist.

Auch wenn nicht viel in den Ferien bei mir los war und ich generell die meiste Zeit planlos irgendwas in den Ferien gemacht habe, konnte ich mich immerhin auf das Treffen mit ihr freuen. Ich wollte sie aber dennoch erstmal nicht deswegen anschreiben, weil ich weiß, dass sie sehr viel mit der Familie über die Weihnachtszeit macht und deswegen sehr beschäftigt sein wird. Da hab wollte ich nicht aufdringlich wirken und ungelegen kommen und hab erstmal gewartet, bis die Weihnachtstage vorbei sind, damit sie ganz entspannt auch die Weihnachtstage mit der Familie genießen kann.

Solange hab ich versucht, mich anders zu beschäftigen. Viel hab ich leider nicht machen können, weil alle meine Freunde irgendwie während den Feiertagen beschäftigt gewesen sind und man kann ihnen das auch überhaupt nicht übelnehmen. Es ist eben Weihnachten. Ein Fest für die Familie und da soll jeder sie so gut es nur geht auch genießen. Immerhin hab ich mit meinem kleinen Bruder Dayyan versucht irgendwas zu machen. So hab ich angefangen Naruto (ein japanischer Anime) mit ihm zu schauen. Ich hatte schon das Meiste gesehen und hab deswegen erstmal angefangen, mit ihm von Anfang an Naruto zu schauen, damit wir ab einem gewissen Zeitpunkt zusammen schauen können. Es schien ihm auch alles zu gefallen, was mich sehr gefreut hat, denn Naruto ist auch mein Lieblingsanime.

Ich hab nebenbei versucht auch zu zocken und so n bisschen die Zeit vertreiben zu können. Na ja irgendwann war Weihnachten vorbei und ich hab noch etwas gewartet, einfach damit ich nicht aufdringlich wirke und dann hab ich mich getraut sie anzuschreiben und wieder nach dem Treffen zu fragen. Und das was dabei rauskam, hat mich überrascht und ich hab nicht wirklich damit gerechnet. Es kam nämlich nichts dabei raus. Ich wurde einige Tage von ihr ignoriert und bekam keine Antwort auf meine Nachricht. Anfangs hab ich mir gedacht, dass es nichts Schlimmes ist und sie schon antworten würde. Auch Marwa und Tamana meinten zu mir, dass es nicht schlimm ist und ich mir keine Sorgen machen sollte, denn wenn sie sich nicht treffen wollen würde, hätte sie es von Anfang an abgelehnt und nicht zugestimmt. Das konnte mich am Anfang auch sehr beruhigen und ich hab versucht ruhig zu bleiben. Aber das wurde immer schwerer, denn ich hab in den kommenden Tagen darauf immer noch keine Antwort bekommen und ich fing an mich ständig weiter und weiter den Kopf darüber zu zerbrechen und mich zu fragen, was denn da wohl los ist und so weiter. Ich hab das Gefühl gehabt, dass ich was falsch gemacht habe. Mir würde allerdings nicht direkt einfallen, was ich falsch gemacht habe. Oder hat sie vielleicht doch keine Lust mehr auf ein Treffen? Aber dann hätte sie doch bestimmt von Anfang an nein gesagt.

Mein Kopf ist in diesen Tagen sehr durchgedreht. Ich bin nun mal ein sehr verzweifelter Overthinker. Ich bin als Person halt so, dass ich mir immer viel zu viele Gedanken über alles machen und mir so auch immer viel zu viele Sorgen mache. Ein Overthinker zu sein gefällt mir nicht ein bisschen. Es macht mich zu einer ziemlich unsicheren Person und das mag ich nicht. Ständig hab ich das Bedürfnis mich in bestimmten Situationen zu entschuldigen für etwas, wofür ich es gar nicht nötig habe. Ich kann halt mit meinem Gewissen manchmal aber nicht klarkommen, wenn ich es gelassen hätte. Ich bin in solchen Situationen der Meinung, dass es besser ist sich sicherheitshalber zu entschuldigen, damit ich etwas Schlimmes oder Unschönes, wie zum Beispiel unnötigen Streit vermeiden kann oder niemanden aus Versehen verletze. Vielleicht sind einige Leute aus meinem Umfeld dadurch auch genervt, aber leider verstehen nicht viele, wie es ist ein Overthinker zu sein. Du machst es nicht aktiv, aber es ist quasi ein Prozess, der dafür sorgt, dass du anfängst in deinem Kopf Probleme zu erfinden, indem du Sachen schlimmer ansiehst, als sie es vielleicht am Ende sind. Es ist schwer was dagegen zu machen, denn dein Kopf reagiert irgendwie automatisch darauf und somit lässt sich das schwer vermeiden.

Wahrscheinlich bin ich deswegen auch ein wenig durchgedreht und bildete mir etwas ein. Das Problem ist halt, dass ich es nicht erkenne. Die Sachen, die ich mir einbilde, nehme ich auch als wirklich wahr. Deswegen bekam ich das Gefühl, dass ich vielleicht was falsch gemacht habe oder sie sich nicht mit mir treffen wollte oder ähnliche Dinge. Das Schlimme daran ist halt, dass ich es für mich selbst immer schlimmer mache und ich mich selbst behindere bei so etwas, denn so bin ich immer mehr auf meine Gedanken als auf die realen Tatsachen fokussiert und in diesem Fall war es nicht anders, denn anstatt zu überlegen, was ich nun machen sollte, habe ich angefangen in meinen Gedanken zu versinken und war in ihnen gefangen. Einen Ausweg sieht man dann in solchen Momenten auch nicht direkt, weswegen es dauerte, bis ich mal ne Pause davon hatte, ständig an die »schlimmen« Dinge zu denken und mich auf das wirklich Wichtige zu konzentrieren. Und das war zu überlegen, was ich jetzt als Nächstes machen sollte. Aber auch wenn ich eine Pause hatte, fiel mir nichts Bestimmtes ein, was ich hätte tun sollen. Ich wollte sie jetzt nicht direkt nochmal anschreiben, weil das wäre verdammt komisch und sehr aufdringlich rübergekommen und das will ich auf gar keinen Fall!

Deswegen war die einzige Option, die mir übrigblieb, zu warten und ihr Zeit zu lassen. Vielleicht war sie ja sehr beschäftigt und hat deswegen nicht geantwortet. Vielleicht hatte es auch einen anderen Grund. Ich wusste es nicht und auch wenn ich versucht habe abzuwarten und ruhig zu bleiben, es ging schwer. Ich hab mir nämlich viel zu oft und viel zu sehr den Kopf zerbrochen, weil ich halt ignoriert wurde und bei jeder einzelnen Nachricht, die ich bekommen habe, habe ich gehofft, dass es von ihr kommt und sie mir endlich geantwortet hat. Aber auch das hat dazu geführt, dass ich leider immer wieder und wieder enttäuscht wurde. Ich habe ihr das zwar nicht übelgenommen und war auch nicht enttäuscht von ihr oder sonstiges, aber ich war leider nur sehr verwirrt dadurch und fing ich an immer mehr und mehr daran zu verzweifeln. Ich hab mich weiterhin versucht abzulenken. Hab versucht Zeit mit Dayyan zu verbringen oder mit Pelle oder Paul, aber es war dennoch halt nicht einfach. Mit Pelle hab ich häufiger auch drüber gesprochen.

»Willst du sie nochmal anschreiben?«

»Bro ich bin ehrlich, ich hab keine Ahnung mehr, was ich tun sollte und was nicht.«

»Ja das ist auch alles mega kacke gerade. Ich bin ehrlich, ich kann es verstehen, wenn sie im Moment sehr beschäftigt ist, weil ich war über Weihnachten auch kaum am Handy, aber wenn du bis zu Silvester keine Antwort bekommen solltest weiß ich nicht mehr. Das wäre dann hart komisch digga.«

»Ja ich weiß. Ich schaue mal wie es sich in den nächsten Tagen so entwickelt und so ne. Das Problem ist, dass ich gerade richtig im Kopf durcheinander bin und richtig verzweifle.«

»Ich kann es verstehen, aber lass es. Das bringt überhaupt nichts und am Ende ist es safe nicht so schlimm, wie du es dir vorstellst und du hast dir nur unnötige Sorgen gemacht. Deswegen chill einfach.«

»Ich weiß ja, aber es ist viel leichter gesagt als getan digga. Ich bin so ein fetter Overthinker ne.«

»Was ist das?«

»Was meinst du? Overthinker?«

»Ja.«

»Uff bro schwierig zu erklären. Ich sag es mal so, ein Overthinker macht sich immer viel zu viele Gedanken. Er erfindet immer nicht vorhandene Probleme in seinem Kopf und denkt, dass sie auch wirklich so existieren. Man kann als Overthinker diese Gedanken leider nicht steuern und sie verunsichern dich immer wieder. Deswegen muss ich mich zum Beispiel immer wieder für unnötige Sachen entschuldigen.«

»Oh man okay. Dann bist du ja safe einer haha. Ne Spaß bei Seite. Das ist nicht gut und das wird dich nicht voranbringen. Vertrau mir, ihr kommt ganz bestimmt zusammen. Ich bin mir recht sicher.«

»Ich hoffe sehr, dass du recht hast bre.«

»Vertrau mir, ich werde recht haben.«

Woher er sich so sicher ist, weiß ich nicht. Ich wünschte, ich könnte es auch sein. Dann hätte ich nämlich nicht n Großteil der Ferien damit verschwendet, mir den Kopf zu zerbrechen. Ich verschwende so viel Zeit. Ich denke die ganze Zeit nur daran, was los sein könnte und nicht daran, was ich als Nächstes machen sollte.

Diese Situation belastet mich wirklich sehr. Ich bin überhaupt nicht gut drauf, fühle mich sehr schlecht und hab keine Lust auf alles. Man, aber ich hab auch das Gefühl, dass ich mich ziemlich kindisch verhalte, nur weil sie mir nicht antwortet. Aber ich komme nun mal damit schwer klar und es ist zum Teil auch verletzend, dass ich ignoriert werde. Nehme ich ihr aber dennoch nicht übel. Ich bin auch sehr froh, dass sie das alles nicht mitbekommt, weil ich würde ihr nur ein unnötiges schlechtes Gewissen machen und generell ein komisches Bild von mir abgeben.

Ein paar Tage später war auch Silvester. Ich hab auch echt nicht die beste Laune. Zu Hause hat meine Schwester Lali Freundinnen eingeladen, die dann alle zusammen mit meinen Eltern und Dayyan Silvester gefeiert haben. Pelle ist mit seiner ganzen Familie am Feiern, genauso wie die anderen. Ich hab mich also eigentlich darauf eingestellt, dass ich alleine n bisschen spazieren gehen werde und das Feuerwerk im Himmel genießen werde. Mehr betrachten als genießen. Zu Hause wollte ich nämlich wegen der Freundinnen von meiner Schwester nicht sein. Zum Glück hat Paul am Ende doch nochmal spontan Zeit gefunden und dann hab ich mit ihm die Zeit verbringen können, statt alleine herumzugammeln, so richtig einsam.

Außerdem ist noch eine Sache passiert. Denn sie hat mir endlich geantwortet. Sie hatte sich erst entschuldigt, dass sie erst jetzt antwortet. Sie war sehr beschäftigt mit der Familie und ist deswegen kaum ans Handy gegangen. Das dachte ich mir schon und zum Glück war das auch so der Fall. Außerdem meinte sie, dass sie schauen kann, ob sie in der nächsten Zeit es schaffen könnte sich zu treffen, was ich noch ganz cool fand, dass sie doch noch an das Treffen denkt und zum Glück doch nicht abgeneigt davon ist. Vielleicht hätte ich doch auf die Anderen hören sollen und mir nicht so unnötig viele Sorgen machen müssen. Das hat mir irgendwie noch mein Silvester sehr stark gerettet und ihn doch noch sehr genießbar gemacht.

Dennoch waren die Ferien immer noch nicht die Besten. Sie müssen ja auch irgendwann zu Ende gehen und bei mir war das so langsam der Fall. Und je näher die Ferien zum Ende neigten, desto knapper wurde es Sachen für die Schule vorzubereiten, die ich eigentlich auf die Ferien geschoben hatte, doch immer vergessen hab. Ich muss sogar in Bio eine Präsentation halten, die eigentlich vor den Ferien fällig war, doch wegen Corona nicht stattfinden konnte. Und mir fehlte noch n bisschen an Vorbereitungen. Außerdem hab ich irgendwo meine Notizen verloren und konnte sie nicht finden. Weder in meiner Mappe, noch irgendwo anders im Rucksack oder bei meinen anderen Schulsachen. Heißt, ich durfte schön nochmal neue Notizen machen.

Außerdem war das nervigste noch, dass es doch nicht zu einem Treffen gekommen ist. Sie hat mich nicht nochmal wegen des Treffens angeschrieben und ich will sie eigentlich deswegen auch nicht anschreiben, weil es sonst nerven könnte. Ich hab dann auch wieder angefangen, mich ständig zu fragen, woran es gelegen hat. Ich denke nicht, dass es daran liegt, dass sie sich nicht mit mir treffen will, weil dann hätte sie nicht an Neujahr gesagt, dass sie nach Zeit schauen wird. Vielleicht war sie ja wieder mit der Familie sehr beschäftigt und hatte deswegen keine Zeit gehabt oder vielleicht hat sie auch noch an der Schule gesessen sowie ich und hatte deswegen keine Zeit. Aber weil ich ein Overthinker bin, hab ich natürlich auch angefangen mir die schlimmen Sachen im Kopf einzubilden und alles ging wieder von vorne los. Doch was, wenn dieses Mal wirklich etwas an dem Overthinken dran ist? Was ist, wenn sie gar kein Interesse an mir hat und sich deswegen sehr viel Zeit beim Treffen lässt oder sich nicht so sehr drum kümmert? Zumindest hat es gewissermaßen den Anschein, dass es so sein könnte, wenn ich mir nochmal alles angucke, was in den Ferien war. Aber es kann doch auch wirklich sein, dass sie sehr viel beschäftigt gewesen ist und auch wirklich deswegen gar keine Zeit hatte. Es muss doch nicht immer das Schlimmste sein, was einem in den Kopf kommt, oder nicht? Ich meine, es ist eigentlich lächerlich, dass ich mir wegen so einer Kleinigkeit so viele Sorgen mache, aber es ist halt so.

Ich hab auch wieder mit Pelle darüber gesprochen und hab ihm alles erzählt, was in meinem Kopf war.

»Ja ich verstehe dich schon so ne, aber ich finde es schon irgendwie komisch. Sie meinte ja, sie schaut mal, ob sie kann, aber hat sich nicht wieder gemeldet.«

»Ja, aber glaubst du nicht, dass sie einfach sehr beschäftigt ist?«

»Das kann auch sein, aber trotzdem wirkt das alles ein bisschen komisch. Warum fragst du sie nicht nochmal?«

»Ohh Bruder weiß nicht. Ich glaube, das wäre hart aufdringlich, oder nicht?«

»Hä nein. Sie meinte, sie schaut, aber wenn sie sich nicht meldet, finde ich, dass du sie fragen könntest. Mach es einfach.«

»Nein, ich lass es erstmal lieber.«

»Digga ich bin ganz ehrlich, wenn es so weiter geht, dann zweifle ich doch dran, dass es was werden kann. Du kommst halt so nicht voran und du musst irgendwann mal auch in die Offensive gehen.«

»Ich weiß, dass ich irgendwann in die Offensive muss, aber ich finde gerade ist es nicht passend.«

»Wie du meinst. Mach das, was du für richtig hältst.«

Der eine Satz von ihm hat mich sehr beschäftigt. *»Digga ich bin ganz ehrlich, wenn es so weiter geht, dann zweifle ich doch dran, dass es was werden kann. Du kommst halt so nicht voran und du musst irgendwann mal auch in die Offensive gehen.«*

Nicht, weil es mir Angst gemacht hat. Sondern, weil er recht hat. Ich merke es ja selbst. Ich komme nicht voran. Wir stehen an der quasi gleichen Stelle, wie vor 2 Monaten im Oktober, wo ich die ganze Sache begonnen hab. Vielleicht hab ich zwischendurch mehr von ihrem Vertrauen gewonnen und wir verstehen uns auch etwas besser mittlerweile, aber mehr glaube ich nicht, oder? Man, ich hab keine Ahnung. Ich weiß außerdem auch, dass ich endlich mal in die Offensive gehen sollte und so, aber ich hab es ja versucht und es kommt bisher nicht zu einem Treffen.

Stress! Das Ganze ist einfach im Moment nur purer Stress. Mein Kopf ist voll mit Gedanken von ihr und ich hab so viel anderes nebenbei zu tun und es ist echt zu viel. Mittlerweile bin ich auch an einem Punkt, wo ich nicht weiß, ob ich weitermachen sollte oder nicht. Die ganze Sache geht schon seit zwei Monaten und zwei Monate sind verdammt viel. Vielleicht auch viel zu viel. Ich weiß nicht. Vielleicht fehlt es mittlerweile an Kraft und Lust, hier weiterzumachen. Vielleicht war es doch nicht so eine gute Idee, auf alle meine Erfahrungen und Lehren zu scheißen, denn vielleicht brauche ich doch mehr Zeit für mich selbst und bin einfach noch nicht bereit so viel für ein Mädchen zu tun.

Aber war dann alles, was ich bisher getan habe, umsonst? War alles, was ich in dem einen Moment für sie gefühlt habe, doch nur eine Täuschung? All die ganzen Momente, in denen ich von ihr geschwärmt habe oder so begeistert von ihr, waren Momente, wo ich mit nur was eingebildet habe? Habe ich mich erneut getäuscht und nur einen Crush gehabt, der sonst nicht viel zu bedeutet hat und ganz wichtig, habe ich mich selbst belogen, in dem ich gesagt habe, dass ich so etwas noch nie gefühlt habe?

Das will ich nicht glauben, aber irgendwie beschäftige ich mich viel zu sehr damit. Vielleicht bin ich auch wieder nur sehr stark am Overthinken und verzweifle deswegen gerade sehr doll. Ich glaube, es wäre am besten, wenn ich keine vorzeitigen Schlüsse ziehe. Ich kann im Moment nicht klardenken und es wäre deswegen sehr dumm, wenn ich jetzt eine sehr große Entscheidung, wie diese hier treffen würde. Nicht, dass ich es am Ende bereue und mich dafür dann hasse.

Ich sollte erstmal abwarten. Morgen ist ja wieder Schule und ich sehe sie dann ja auch wieder. Außerdem werden die Klassen wieder in zwei Teile aufgeteilt und wir sind in der gleichen Gruppe. Vielleicht wird ein bisschen persönlicher Kontakt mit ihr mehr Klarheit in meinem Kopf schaffen und vielleicht bin ich dann etwas klüger. Ist, glaube ich, n guter Weg. Morgen oder in ein paar Tagen werde ich hoffentlich schon Klarheit haben.

Die ganze Nacht bisher kann ich nicht schlafen. Noch nie hat mich eine Sache so sehr beschäftigt. Egal ob im positiven oder negativen Sinne. Alle Gedanken von mir sind komplett durcheinander und ich kann nicht klar denken. Die ganze Zeit stelle ich mir die Frage, ob es sich überhaupt noch lohnt da weiterzumachen oder ob es nicht besser wäre, wenn ich mir den Stress und den Aufwand spare. Ich bin schon fast in der Situation gewesen, wo gesagt hätte, komm lass es gut sein. Doch, wenn ich jetzt heute die ganze Zeit so darüber nachdenke und mir alles nochmal überlege habe ich Angst diesen Schritt zu wagen. Ich weiß, dass es verdammt anstrengend ist und es wird sicherlich auch weiterhin anstrengend bleiben, aber ich hab Angst aufzuhören, weil was ist, wenn ich es am Ende bereue? Was ist, wenn ich mich doch nicht in meinen Gefühlen und Emotionen getäuscht habe und vor allem, was ist, wenn sie doch die Richtige ist? Klar, man kann ja jeden als Richtige bezeichnen, aber irgendwann kommt immer die Richtige. Daran glaube ich fest und vielleicht habe ich einfach Glück gehabt und viel schneller die Richtige gefunden als manch andere. Das hört sich jetzt so richtig an, als würde ich verzweifelt hoffen, aber es ist doch auch nicht auszuschließen. Nur weil etwas sehr schön klingt, heißt es noch lange nicht, dass diese Sache auch zu schön, um wahr zu sein ist.

Ich sollte wirklich aufhören, darüber nachzudenken. Erst zweifle ich an der ganzen Sache und jetzt hoffe ich aufs Beste. Man ich zerbreche mir gerade sehr stark den Kopf und es fickt mich man. Ich bin müde und ich will einfach nur pennen. Ich werde sie ja morgen sehen. Dann sehen wir weiter.

Teil 5: Ein glücklicher Junge

Ich weiß es jetzt und ich bin froh, dass ich alle meine Fragen beantworten kann. Tage und Nächte hab ich damit verbracht mich zu fragen, wie es nun weitergehen soll. Ob der Kampf beendet werden sollte oder nicht und ob ich sie nun doch will oder vielleicht auch nicht. Alles habe ich sofort beantworten können, als ich sie eben das erste Mal nach den Ferien wiedergesehen habe.

Ich will sie! Ich will weiterkämpfen und noch nicht aufgeben. Ich weiß nicht, was sie in mir ausgelöst hat, aber als ich sie gesehen habe, hat sie wieder etwas Unbeschreibliches in mir ausgelöst und ich bin dahin geschmolzen und hab mich wieder so gut gefühlt. Das sind alles Zeichen dafür, dass sie für mich mittlerweile eine riesige Bedeutung als Person eingenommen hat und ich mittlerweile an einem Punkt bin, wo meine Gefühle sehr intensiv und immens groß sind. Aber auch, dass alle meine Zweifel, die ich hatte, in Bezug auf meine Gefühle für sie komplett falsch sind und das hat mich auch sehr froh gemacht. Sehr sogar und das zeigt mir auch, dass ich ganz im Innern auch weitermachen möchte. Denn schließlich will ich ihr Herz erobern. Aber das wirklich allerbeste an der gesamten Sache ist, dass sie in meinen Augen immer noch genauso ist, wie vor den Ferien, wo ich nur von ihr schwärmen konnte und wo sie mir die schönsten Gefühle gegeben hat. Das Einzige, was mich anfangs voll erschrocken hat, ist, dass sie ihre Haare geschnitten hat. Ich hab anfangs richtig Angst bekommen, weil ich eigentlich ihre Haare sehr mag und generell lange Haare und kurze Haare sind eigentlich nicht so sehr mein Geschmack. Zum Glück sind ihre Haare doch nicht so kurz, wie ich es anfangs dachte und sehen immer noch toll aus.

Aber da ich jetzt weiß, dass ich unbedingt weitermachen will, muss ich mich nun auch fragen, wie es weitergehen soll, denn ich muss auf Pelle hören und irgendwann auch mal in die Offensive gehen. Und vielleicht wird es auch mal Zeit dafür, denn nicht, dass es irgendwann zu spät dafür ist. Aber ich hab es ja schonmal versucht und da hat es ja nicht geklappt. Was ist, wenn ich durch das ständige Fragen sehr aufdringlich wirke und sie so abschrecke? Nein! Ich sollte nicht mit dem Overthinken anfangen, weil dann komme ich wieder nicht voran. Ich muss mir stattdessen überlegen, wie und wann es am besten wäre sie nach einem Treffen zu fragen. Aber ich komme nicht einfach darauf. Ich weiß noch nicht mal mehr, was ich mit ihr unternehmen wollen würde. Das frage ich mich vielleicht erst, wenn ich vielleicht den ersten Schritt geschafft habe und sie gefragt habe.

Ich glaube, die erste Woche warte ich mal ab und frage besser in dieser Woche zumindest noch nicht. So wirke ich dann vielleicht wesentlich entspannter und auch nicht nervig oder was auch immer. Vielleicht hat sie ja dann am nächsten Wochenende Zeit und wir können uns ja dann treffen. Das hört sich nicht so schlecht an. Ich muss mich jetzt nur überwinden, den Mut zu finden und sie zu fragen. Ich hab noch eine Woche bis dahin Zeit und versuche vielleicht in dieser Zeit diese Angst zu überwinden. Ich kann ja auch mit den Anderen nochmal darüber reden und vielleicht haben die dann auch n paar gute Ratschläge für mich. Vielleicht bekomme ich aber auch nur zu hören, dass ich es einfach machen soll, weil was würden die mir so unbedingt an Tipps geben wollen? Na ja fragen kann man ja vielleicht trotzdem.

Es ist jetzt eine ganze Woche vergangen. Morgen ist Freitag und ich will sie morgen unbedingt nach nem Treffen fragen. Ich hab auch natürlich mit den Anderen gesprochen, aber wie ich es befürchtet habe, haben alle nur gesagt:» Frag sie einfach ganz normal und direkt.«

Es ist aber nicht so einfach, wie alle es sagen. Doch. Eigentlich schon, aber ich mache es mir unnötig schwer, weil ich voll Schiss habe. Ich muss mir aber auch bewusst sein, dass es sonst nie was wird, wenn ich nicht frage. Ich meine wie sonst soll es zum Treffen kommen oder wie sonst soll ich ihr irgendwann meine Gefühle gestehen. Da muss ich sie auch einfach drauf ansprechen und es ihr sagen, weil die Wahrscheinlichkeit, dass sie mir zuerst ihre Gefühle gestehen wird, wenn diese denn bei ihr da sind, ist sehr gering und dann muss ich es tun. Deswegen ist es vielleicht wirklich besser so, wenn ich einfach direkt zu ihr hingehe nach der Schule und sie einfach direkt frage. Einfach versuchen, nicht so viel darüber nachzudenken. Ist nicht so leicht, aber das wird am Ende alles einfacher machen.

Es ist so weit. Wir haben jetzt Schulschluss und ich bin mit ihr auf dem Weg nach Hause. Ich bin ehrlich, ich bin übelst nervös und richtig angespannt. Ich hoffe, es fällt ihr nicht auf, weil das wäre mir peinlich. Lasse hat mir kurz vor Schulschluss nochmal die Daumen gedrückt und mir gesagt, dass ich es unbedingt durchziehen muss. Das will ich auch, aber ich hab Angst, dass ich am Ende die Eier verliere und mich doch davor drücke. So wird das aber nie was. Deswegen muss ich mich dazu zwingen, sie zu fragen. Es ist ja nur ne Frage und was Schlimmes tue ich ja nicht.

Sie geht gleich weiter nach Hause. Ich muss sie fragen. Jetzt!

»Okay dann...«

»Ehh du. Ich wollte dich noch was fragen.« (Ich spüre, wie nervös ich bin.)

»Ja?«

»Ehhh ich wollte mal fragen, ob du vielleicht Lust hättest am Wochenende zusammen was zu machen und so. In den Ferien hat es ja leider nicht geklappt, da dachte ich mir vielleicht an diesem Wochenende, wenn du Zeit hast?«

»Dieses Wochenende sollte ich Zeit haben. Samstag oder Sonntag?« (SIE HAT JA GESAGT!)

»Ehh mir ist beides recht. Also, was dir eher passt.«

»Ja okay, ich schaue mal und schreibe dir dann einfach am Abend, ja?«

»Ja klar, klingt gut.«

»Okay, dann bis dann.«

»Bis dann.«

Gott sei Dank. Es war doch alles viel einfacher, man. Mein Kopf hat alles einfach nur unnötig kompliziert gemacht. Ich bin gerade so happy. Alles natürlich schön und so, aber ich muss mir jetzt überlegen, was ich mit ihr unternehmen sollte. Ich hab mir bisher leider nie die größten Gedanken dazu machen können, weil ich mehr damit beschäftigt war mich zu überwinden und sie endlich nach einem Treffen zu fragen, aber ich muss mir was einfallen lassen, weil nicht, dass es komisch rüberkommt, wenn ich gar keinen Plan habe haha. Bis sie mir heute Abend schreibt, hab ich ja sowieso noch Zeit zum Nachdenken.

»Und hast du sie gefragt?« (Mein Bruder, der direkt auf mich zugekommen ist und mich gefragt hat, ob ich es geschafft habe. Mit ihm habe ich gerne manchmal über sie gesprochen. Er ist zwar noch 11 Jahre alt und kann nicht viel dazu sagen, aber dennoch ist er jemand, der mir gerne und gut zuhört und ab und zu auch mal was Passendes sagen kann.)

»Ja und sie hat ja gesagt!«

»Oh nice« (Er hat sich voll für mich gefreut und das ist mega cool)

»Wann trefft ihr euch?«

»Ehh sie meinte...«

Plötzlich bekomme ich ne WhatsApp. Und es ist eine von ihr!

»Warte sie schreibt mir gerade. Ich erzähle dir später.«

Ich dachte, sie schreibt mir erst heute Abend. Es ist nicht mal mehr 5 Minuten her, dass wir uns verabschiedet haben.

»Passt dir Samstag oder Sonntag besser?«

»Mir ist beides recht, weil ich hab sowieso nichts zu tun haha. Sag du, was passt dir besser?«

»Ist mir auch egal, ich kann mich anpassen. Ich dachte mir, wir könnten vielleicht irgendwo hinfahren. An die Elbe oder so, weil was willst du hier machen. Wir können auch woanders, wenn du einen besseren Vorschlag hast.«

»Elbe hört sich doch schon ganz cool an.«

»Mir würde es morgen dann doch besser passen.«

»Ja klar. Wann denn genau?«

»So 7 Uhr morgens? Spaaaß. Ich dachte mir vielleicht mittags, oder?«

»Ich dachte schon, du meinst das Ernst haha. Mittags ist gut.«

»Sagen wir um 13 Uhr treffen wir uns auf dem Parkplatz?«

»Ja passt mir.«

»Okay perfekt, dann bis morgen.«

»Bis morgen.«

Ich bin so aufgeregt, ohaaa. Ich hab direkt Marwa, Tamo und Lasse angeschrieben in unserer Gruppe auf WhatsApp und alle freuen so für mich und meinen sogar, dass es sich wie n Date und nicht nach einem Treffen anhört. Das freut mich gerade auch noch so sehr. Aber ich muss gleich Pelle noch die ganze Sache erzählen. Gleich wollen wir uns auch treffen. Dann erzähle ich ihm einfach alles.

»So bre, was gibt's zu erzählen?«

»Ich hab sie heute gefragt.«

»Und?«

»Sie meinte ja und sie hat mir dann direkt kurz später auch geschrieben und meinte, dass wir an die Elbe fahren können oder so und es hört sich mehr nach nem Date an, oder nicht?«

»Bro ich sage es dir doch schon die ganze Zeit. Und ja, es hört sich nach nem Date an. Ich wusste es doch. Vertrau mir einfach.«

»Bro ich weiß. Du hattest recht. Ich hoffe, du wirst auch am Ende recht haben und wir kommen zusammen.«

»Ganz ehrlich, so wie es läuft. Du darfst nur keine Scheiße machen. Dann wird das safe was. Aber du bist auf nem guten Weg. Wann trifft ihr euch morgen nochmal?«

»13 Uhr holt sie mich ab.«

»Ah sie holt dich ab mit Auto?«

»Ja. Eigentlich würde ich das machen wollen ne, aber ich hab immer noch kein Führerschein haha.«

»Dann musst du schneller machen.«

»Geht ja im Moment nicht wegen Corona.«

»Ah stimmt. Egal wird schon.«

»Ich kümmere mich lieber erstmal um morgen und versuche das gut hinzubekommen.«

»Ja safe. Vertrau mir, das kriegst du schon hin.«

Ich glaube, es ist normal, dass man in meiner Lage sehr nervös ist, oder? Ich denke schon. Das Ding ist halt, dass ich noch nie so n Date hatte und deswegen nicht weiß, was ich genau beachten sollte. Ich meine das im Sinne von, tu dies, tu das, weil Mädchen sowas mögen bzw. nicht mögen oder wie ich mich verhalten sollte, damit ich nicht komisch rüberkomme oder so. Ich glaube, man merkt richtig, dass ich unerfahren bin haha. Alle sagen mir, dass ich einfach ich selbst sein soll, weil sie sich ja mit der Person, die ich auch wirklich bin, trifft und nicht mit einer verstellten Person und da haben sie auch denke ich recht. Ich meine, ihr ist sicherlich bewusst, was meine Absichten sind. Ich stehe TOTAL auf sie und bin so verliebt in sie. Das ist ihr glaube ich auch bewusst, zumindest würde es mich sehr doll überraschen, wenn nicht, vor allem weil es die ganze Klasse gefühlt checkt. Und trotzdem hat sie zugesagt und das ist doch eigentlich ein gutes Zeichen. Ach man, ich merke wieder, dass ich gleich ins Overthinken reingehe. Nervös sein ist denke ich voll normal, aber ich muss mir keine unnötigen Gedanken machen. Morgen wird bestimmt alles ziemlich gut laufen und wir werden sehen, was passiert. Jetzt muss ich pennen, damit ich morgen nicht übel müde bin.

Es ist so weit. Ich bin gerade auf dem Weg zum Parkplatz, um mich mit ihr zu treffen und ich bin ziemlich aufgeregt und freue mich darauf. Auch wenn ich sehr nervös bin. Den ganzen Morgen habe ich damit verbracht mich »vorzubereiten«. Na ja ich konnte vor Aufregung nicht lange schlafen und bin schon seit 7 Uhr wach. Müde bin ich aber zum Glück nicht mehr. Die Zeit zum Glück auch wie im Flug vergangen und es ist schon 13 Uhr. Vorbereitet habe ich mich mehr gedanklich, denn ich hab die ganze Zeit überlegt, worüber man denn so alles reden könnte und mir generell Gedanken über witzige Gesprächsthemen gemacht, damit es nicht dazu kommt, dass wir nur am Rumgehen sind und gar nicht miteinander sprechen. Ich hab auch lange überlegt, was ich anziehen sollte und hab meine Schwester auch gefragt, aber von ihr hab ich ne ganz klare Antwort bekommen.

»Junge, entspann dich mal! Ihr geht nicht ins Restaurant, schick essen oder so, wo du dich gut anziehen solltest oder so. Zieh einfach irgendeinen anständigen Pullover an und dann ist doch gut. Sie macht es bestimmt genauso.«

Sie hat auch recht gehabt. Hab mich dann wie so n Girl gefühlt, dass sich typischerweise Gedanken drum macht, was sie anziehen sollte und was nicht, aber das ist jetzt auch egal. Ich habe dann auch auf sie gehört und einfach ganz normal was angezogen.

Aber da ist sie jetzt auch und wartet schon auf mich und sieht wie immer gut aus. Und ich muss auch sagen, dass der Audi A6 schon richtig wild ist haha. Ich wusste ja schon, dass der Wagen ihrer Eltern ziemlich cool sein soll und jetzt hat sich das bestätigt.

»Hey. Wie geht's dir?«

»Gut und dir?«

»Auch gut danke. Wollen wir los?«

»Ja klar.« (Ich bin eingestiegen und dieser Wagen ist selbst von Innen richtig wild. Wow!)

»Ich muss schon echt sagen, der Wagen ist richtig cool.«

»Haha danke. Das bekomme ich immer zu hören.«

»Das überrascht mich nicht. Mit dem Wagen kannst du auch richtig flexen.«

»Naja ich weiß nicht, ich meine mir gehört der Wagen nicht mal. Es ist ja der meiner Eltern und auch nur der Dienstwagen meiner Mutter.«

»Ja, aber ich finde das juckt doch nicht. Ich meine, ihr fahrt trotzdem so n cooles Auto und da gucken die Leute definitiv.«

»Ja okay stimmt.«

Circa 20 bis 30 min sind wir gefahren und sind jetzt auch an der Elbe angekommen. Ich bin ziemlich froh, dass wir auch ziemlich schönes Wetter haben, weil es dann wesentlicher entspannter ist, als wenn es jetzt richtig doll regnen würde und so.

Aber eins kann ich auf jeden Fall sagen. Der Ort hier ist echt wunderschön. Ich war hier zwar noch nie, aber es ist ziemlich cool hier in der Natur.

»Hast du eigentlich schon deine ganzen Einträge für das Abibuch fertig?« (Wir sind ja im Abi Jahrgang und ist es üblich, dass nochmal ein Buch erstellt wird, wo jeder n Steckbrief von sich erstellt und da kann man Sachen für sich ausfüllen und Leute schreiben einem Kommentare zum Mitnehmen oder nochmal Berufsvorschläge und noch mehr rein. Auch ein Abschiedsbrief können einige bekommen.)

»Oh ja. Du müsstest mal sehen, was die Jungs alles bei mir in den Kommentaren geschrieben haben, haha.«

»Zeig mal.« (Hab mein Handy rausgeholt und ihr auf der Webseite, wo das alles durchgeführt wird, mein Profil gezeigt)

»Boah du hast ja voll viele Kommentare bekommen.«

»Ja ich weiß.«

»Leider viel mit den Ziegenwitzen.«

»Leider und noch andere haha.« (Ziegenwitze? Nun ja, in unserer Klasse hat sich irgendwann mal n Insider ergeben. Es wird nämlich behauptet, dass ich etwas mit Ziegen tue. Das hört sich richtig krank an, wenn man das zuerst hört, aber das alles stimmt natürlich nicht! Irgendwann hat jemand aus der Klasse uns allen n Video gezeigt, wo n Junge etwas mit einer Zeige anstellt. Aus Spaß hat jemand behauptet, dass ich es bin. Und so ist der Insider entstanden, aber ich gehe damit entspannt um, denn alle meinen das ja nur aus Spaß und dann nehme ich es auch mit Humor.)

»Aber deine Kommentare sind schon witzig. Und der Berufsvorschlag »Hokage« hahaha.«

»Jaa. Der kommt von Lasse. (Naruto ist ja mein Lieblingsanime und Hokage kommt auch aus dem Anime. Es gibt ein Dorf namens » Konohagakure« und der Hokage ist quasi der Bürgermeister dieses Dorfes und meistens auch der stärkste Ninja aus dem Dorf.)

»Zeig mal dein Profil.« (Sie hat mir auch ihr Handy gegeben und ihr Profil gezeigt.)

»Bei dir sind auch einige coole Sachen dabei.«

»Ja, aber nicht so viel wie bei dir.«

»Ja, aber das juckt ja nicht.«

»Ja stimmt auch. Aber ich finde diese Sache mit dem Abibuch ziemlich cool und witzig.«

»Ja same. Ich finde es einfach mega witzig, bei anderen Leuten solch coole Sachen reinschreiben zu dürfen und so. Das macht das letzte Schuljahr oder mittlerweile letztes Halbjahr voll cool.«

»Ja finde ich. Ach man, wie schnell die Zeit vergeht. Ich finde es voll schade, dass wir bald schon durch sind mit der Schule. Ich werde die Klasse voll vermissen.«

»Ja geht mir genauso. Anfangs mochte ich unsere Klasse überhaupt nicht, aber jetzt finde ich sie mit die beste, die ich je hatte.«

»Ja. Sie ist uns wahrscheinlich sehr ans Herz gewachsen.«

»Glaube ich auch.«

Wir sind gerade einfach am Spazieren und es ist mega entspannt und voll cool, mit ihr abzuhängen. Ich hab auch das Gefühl, dass ich einfach ich selbst sein kann und nichts falsch mache, genauso wie die anderen es mir geraten haben und das gefällt mir so sehr an ihr. In ihrer Nähe bin ich einfach ich. Wir sind zum Beispiel näher ans Wasser gegangen und haben Steine ins Wasser geworfen und wollten es schaffen, sie zum Springen oder so zu bringen und generell sind wir beide auch sehr offen zueinander. Das gefällt mir sehr.

Nach ner Weile Spazieren und zwischendurch immer wieder n bisschen Deeptalk führen, haben wir uns jetzt auf einer Bank hingesetzt. Und die Aussicht ist echt toll. Man hat n schönen Blick auf die Elbe und auf den Sonnenuntergang, der so langsam angefangen hat. Es ist wirklich schön, dieser orange-rosane Himmel. Und dann kommt noch sie. Das Strahlen der Sonne in ihr Gesicht macht sie einfach so wundervoll.

Außerdem sticht besorgt ihr Haar durch diese Farbtöne nochmal sehr heraus und sie wirkt einfach nur magisch. Wie ein Engel. Ich weiß nicht genau, ob es ihr Charakter ist oder ihre Haare oder Augen oder sonst etwas, aber eines unterscheiden sie gewaltig von anderen Mädchen. Sie verzaubert mich jedes Mal wieder aufs Neueste und das hat bei mir noch nie jemand so sehr geschafft, wie sie es in so kurzer Zeit.

»Wollen wir eigentlich weiter?«

»Ja klar. Können wir.«

(Man, mir fällt gerade kein Gesprächsthema mehr ein. Ich könnte auch einfach irgendwas sagen, oder? Muss ich wohl, wenn sie nichts sagt)

»Was glaubst du eigentlich, was nach dem Tod passiert?«

»Oh, das ist ne gute Frage.« (Okay gut, weil was Besseres ist mir nicht eingefallen)

»Ich bin halt nicht religiös und glaube auch nicht an einen Gott oder Ähnliches, aber mir fällt es schwer sich vorzustellen, dass danach alles vorbei ist und so wirklich ein Nichts da ist, weißt du?«

»Jaja natürlich, ich verstehe.«

»Wie ist das bei dir?«

»Also ich bin ja Muslime und glaube an Allah und bei uns ist das so, dass man nach dem Tod ins sogenannte »Jüngste Gericht« kommt, wo entschieden wird, ob du in den Himmel oder ins Paradies kommst. Das macht man durchs Abzählen der Sünden und guten Taten und je nachdem, was überwiegt, kommst du wie gesagt in den Himmel oder in die Hölle.«

»Ah okay. Ich finde das voll interessant manchmal zu hören, was für verschiedene Ansichten die Menschen über das Leben oder über das Leben nach dem Tod haben.«

»Ja finde ich auch. Meistens gibt es viele Ähnlichkeiten aufgrund der Religionen und so, aber generell ist es ein Thema, da kann man sich viele Gedanken zu machen und so.«

»Ja genau, finde ich auch.«

Wir sind jetzt wieder beim Auto angekommen und fahren einfach n bisschen weiter und während der Fahrt sind wir einfach zusammen am Reden, während Musik läuft und es macht so unglaublich viel Spaß, mit ihr Zeit zu verbringen. Und ich kann mich immer nur wiederholen, aber obwohl sie eigentlich ein recht schüchternes Mädchen ist, sie hat so eine große offene Seite, die ich so unglaublich finde. Einfach unbeschreiblich.

»Ich fand es heute bisher , ziemlich schön muss ich sagen.« (Das hat mich sehr gefreut, denn mir geht es genauso. Wir haben viel miteinander geredet, viel gelacht und Spaß gehabt)

»Ja fand ich auch genauso. Hat mir sehr viel Spaß gemacht.«

»Mir auch.«

»Was ist eigentlich dein Typ bei Mädchen?« (Die Frage kommt jetzt voll aus dem Nichts und warum fragt sie mich sowas? Hmm vielleicht bedeutet das etwas? Keine Ahnung)

»Mein Typ? Gute Frage. Ich muss ehrlich sein, ich hab keinen richtigen Typen. Früher stand ich sehr stark auf Blondinen, aber mittlerweile nicht mehr so. Bei mir ist so, dass es einfach von der Person her abhängt und passen muss. Aussehen ist natürlich mir gewissermaßen auch wichtig, aber der Charakter ist vielleicht etwas wichtiger. Bei dir?«

»Ja ich hab auch keinen richtigen Typen so an sich. Ich denke eigentlich genauso. Nur was ich besonders mag ist,

wenn der Junge größer ist als ich, egal wie viel. Oh und wenn er dunkle Haare hat. Das finde ich sieht bei den meisten Jungs besser aus, weil ich mag so helle Haare nicht so.« (Auch wenn ich nicht viel größer bin als sie, ich bin es ja etwas und ich hab auch dunkle Haare.)

Nach ner Weile ist es jetzt leider so weit und wir verabschieden uns, aber es war n toller Tag. Wir haben viel Zeit miteinander verbracht und viel gelacht und Spaß gehabt. Ich werde mich in Zukunft bestimmt gut an diesem Tag erinnern können.

Aber als Erstes rufe ich Lasse an. Ich erzähle ihm alles von Anfang an bis zum Ende und lasse auch keine Details aus. Und er scheint am Telefon auch sehr begeistert zu sein. Anscheinend war das Date ein richtig gutes Date.

Ich sehe mittlerweile auch Marwa auf der anderen Straßenseite und sehe wie sie auf mich zuläuft. Ich lege auf und fange an auch Marwa vom ganzen Date zu erzählen und sie rastet vor Freude richtig aus und ich mache einfach mit. Wie kleine Kinder hüpfen wir rum und lachen vor Freude.

»Das scheint ein wirklich sehr gutes Date gewesen zu sein. Oh man, wie süß sich das anhört. Ihr seid so süß zusammen. Gut gemacht!«

Das hat mich richtig happy gemacht und ich wurde noch glücklicher als ich ohnehin schon war. Anscheinend hab ich es wirklich gut hinbekommen.

Die ganze restliche Nacht habe ich nur an sie und heute gedacht. Nebenbei erzähle ich es auch noch Pelle auf WhatsApp und er meint genau das Gleiche wie die anderen. Ach man. Wenn ich vor einem Monat noch zurückblicke, wie traurig und verzweifelt ich da war, hätte ich niemals gedacht, dass dieses Mädchen bei mir alles umdrehen kann. Durch sie bin ich einfach nur ein glücklicher Junge, der sich sehr doll in ein Mädchen verliebt hat und nicht aufhören kann an sie zu denken. Er kann nicht aufhören, ständig über dieses Mädchen zu reden, von ihr zu schwärmen und von ihr zu träumen. Wenn ich mir das alles so anhöre, habe ich manchmal das Gefühl, dass ich ein richtiger Simp(Jemand, der auf verzweifelter Art versucht, Aufmerksamkeit von einer anderen Person zu bekommen und sie ihr gibt) bin und es irgendwann richtig nervig ist, wie oft und wie ich von ihr rede. Das ist mir aber egal. Ich fühle nun mal sehr viel und sehr intensiv für sie. Warum sollte ich es dann nicht aussprechen dürfen? Und warum sollte ich es auch nicht so erzählen sollen, wie ich es auch fühle? Ich sollte mir auch da keine Gedanken zu machen, denn es sind meine Gefühle und Emotionen und ich, das ist meine Art, wie ich mit ihnen umgehe und wie ich sie ausdrücke. Und so wie ich es richtig halte, sollte ich es auch machen.

Wie soll es denn, aber nun weitergehen? In diesem Moment weiß ich es selber nicht. Aber was ich weiß und was ich mit Sicherheit sagen kann ist, dass ich um jeden Preis weiterkämpfen möchte. SO glücklich wie ich heute mit ihr war, möchte ich auch weiterhin sein können und ich möchte auch die Möglichkeit haben, sie mindestens genauso glücklich zu machen, wie sie mich macht. Wir werden sehen, was passiert. Die Zukunft ist nämlich immer voller Überraschungen. Hoffentlich hält sie für mich eine besonders gute bereit.

Teil 6: Ein romantischer Poet

Es ist nun etwas Zeit vergangen seit dem Date von uns und an meinen Gefühlen und Gedanken hat sich nicht ein bisschen was geändert. Ganz im Gegenteil. Meine Gefühle und Emotionen nehmen immer weiter zu und intensivieren sich immer mehr. Außerdem fühle ich mich immer wohler in ihrer Nähe und wir verstehen uns auch in letzter Zeit immer mehr. Zum Beispiel mussten wir beide ein Referat zusammen vorbereiten in Philosophie über die Todesstrafe machen. Wir haben dann 2/3-mal am Nachmittag zusammen telefoniert für zwei Stunden oder so und das vorbereitet, aber waren jedes recht schnell fertig und haben die restliche Zeit einfach nur so zusammen geredet und besonders viel gelacht. Da habe ich sie auch das erste Mal wirklich bei einem krassen Lachflash erlebt und es war sooo witzig, aber sie war auch voll süß und niedlich dabei. Jedenfalls lief es in meinen Augen ziemlich gut.

Allerdings hat mich nur die Sache, dass wir uns in letzter Zeit nicht wieder getroffen haben, n bisschen nachdenklich gemacht. Aber da hab auch eigentlich ich selbst wieder Schuld, da ich mich bisher nicht getraut habe, sie erneut zu fragen. Ich denke mir halt, dass wir momentan in unserer letzten Klausurphase sind und ich weiß, dass sie sehr viel für Klausuren lernt und da wollte ich sie eigentlich überhaupt nicht stören, obwohl sie vielleicht doch schon Zeit gehabt hätte sich vielleicht zu treffen oder so. Aber das ist egal. So habe ich mehr Zeit mich mit meinen Gedanken zu beschäftigen, denn ich hab in letzter Zeit so langsam angefangen zu überlegen, ob ich ihr nicht vielleicht irgendwann mal meine Gefühle gestehen sollte. Irgendwann muss ich es ja sowieso und was wäre, wenn dieser Zeitpunkt schneller kommt als gedacht und ich gar nicht weiß, wo ich anfangen sollte. Ich werde in solchen Situationen schnell nervös und könnte es, wenn es spontan dazu kommt, niemals so gut machen, als wenn ich mich vorher etwas darauf vorbereitet habe.

Ich weiß auch schon, wie ich es machen möchte. Diese Frage hat mich lange beschäftigt, denn es gibt viele Wege, wie ich ihr meine Gefühle gestehen könnte. Ich könnte ihr n Text auf WhatsApp schreiben, aber wenn ich das mache, dann bin ich ein größerer Esel, als ich es schon ohnehin bin. Der einfachste und üblichste Weg wäre einfach sie anzusprechen und ihr das persönlich zu sagen. Sowas sollte man auch immer persönlich machen, denn es ist ja auch ein persönliches Thema. Aber da kommt mein Problem wieder ins Spiel. Ich werde irgendwann sowieso mit ihr persönlich darüber reden, denn da komme ich denke ich nicht drumherum, aber wie gesagt werde ich bei sowas schnell nervös und weiß am Ende nicht, was ich sagen will und kann es am Ende nicht so wie ich es gerne wollen würde rüberbringen und das möchte ich unbedingt vermeide. Also bin ich am Ende auf eine Idee gekommen, die sich als meine Lösung entpuppt hat. Ich schreibe ihr ein Brief! Ein Liebesbrief. Ich dachte mir, dass das die beste Methode ist, weil so hab ich erstens genug Zeit, um alles aufschreiben zu können, zweitens kann ich alle meine Gedanken sowieso ganz gut auf ein Blatt Papier verfassen, als sie spontan auszusprechen und drittens kommt das vielleicht gut rüber, wenn ich wie ein romantischer Poet einen schönen Liebesbrief verfasse und ihr den dann gebe. Dann werde ich nämlich selbst zu einem romantischen Poeten.

Und so hab ich beschlossen, einen Brief an sie zu schreiben. Dieser Brief sollte perfekt werden. Ich wollte möglichst viel, wenn nicht sogar alles aus meinen Gedanken loswerden und sie einfach nur umhauen. Hat mich auch etwas Zeit gekostet, aber diese Zeit habe ich gerne reingesteckt, denn diese ganze Sache soll vom Herzen kommen und dann nimmt man sich gerne die Zeit dafür.

Jedenfalls ist es jetzt so weit.

Das ist mein Liebesbrief an sie:

Heyy!

Du bist vielleicht von dem Brief hier etwas überrascht und das ist auch vollkommen verständlich, ich meine ich wäre das an deiner Stelle auch haha. Tut mir auf jeden Fall leid, falls das alles hier jetzt so komplett aus dem Nichts kommt, aber es ist mir sehr wichtig, dir diese Nachricht zu hinterlassen. Vielleicht kriegst du diesen Brief auch viel früher/später als gedacht oder möglicherweise auch gar nicht, aber ich möchte in diesem Brief dir von meinen Gedanken und Gefühlen erzählen. Ich will gerne über alles, was ich alles denke, fühle, empfinde uns sonstiges reden und dir erklären. Vielleicht werde ich ja auch schon persönlich mit dir darüber geredet haben, aber ich weiß nicht, ob ich den Mut dazu haben werde, denn es ist ja etwas sehr Persönliches und Großes für mich. Deswegen ist dies vielleicht eine gute Alternative dafür. Falls ich viel drumherum, durcheinanderrede, mich häufig wiederhole oder sonstigen Müll schreibe, tuts mir auch echt leid.

Ich würde dir auch raten den Brief irgendwann zu lesen, wenn du ruhig drauf bist, Zeit hast, entspannt drauf bist und so damit du dir deswegen keinen Stress machen musst, aber ich würde dich wirklich bitten gleich alles aufmerksam zu lesen und es auch bitte ernst zu nehmen. Das wäre mir nämlich sehr wichtig. Aber jetzt reicht es wirklich und ich fange so langsame mal an.

Heute, der 10.2.2021, wo ich diesen Brief an dich verfasse, sitze ich schon ungefähr 5 Monate dran und versuche dein Herz zu erobern. Seit Oktober 2020. Es war mir nie bewusst, was ich für dich empfinden werde. Ich meine, ich hatte 3-mal ein Crush auf dich gehabt. Das allererste Mal war es in der 10. Klasse. Ich weiß wirklich nicht wodurch, aber durch irgendetwas habe ich mich sehr stark zu dir hingezogen gefühlt, aber ich war leider zu dumm, um meine wirklichen Gefühle für dich zu erkennen. In der 11. Klasse kam es ein 2. Mal dazu. Als du während der Polis-Fahrt in unser Zimmer zum Chillen gekommen bist, passierte es wieder, aber auch damals war ich absolut dumm und habe sogar vom ersten Mal nichts gelernt. Krass wurde es aber während der 12. Klasse. Wir sind häufiger den Berg zusammen hochgegangen und ich hab es wieder ein 3. Mal nicht erkennen können, weil ich ein dummer Esel war und zu dumm, um es zu erkennen.

Aber einige Zeit später habe ich es wirklich erkannt. Es war wirklich unerwartet. Ich habe dir nur einmal zufällig in die Augen geschaut und aus irgendeinem Grund wollte ich nicht mehr wegschauen. Mein Kopf hat sich für ne kurze Zeit komplett abgeschaltet und ich war wie erstarrt. Genau das war der Punkt, wo ich es endlich erkannt habe. Es war nicht mehr nur ein Crush was ich hatte, sondern ich war wirklich verliebt. Ich war mir zu 100% sicher »Ich bin in dich verliebt!«

Und ich hatte auch gute Gründe. Ich mag deine Art wirklich sehr. Dein Charakter! In den hab ich mich auch wirklich zuerst verliebt. Ich mag es, dass du schüchtern bist, aber gleichzeitig auch sehr offen und ehrlich zu mir. Du bist mega nett, super lieb, sehr sympathisch, richtig süß, einfach nur alles!

Selbst was das Äußerliche von dir betrifft, gibt es für mich niemand hübscheres. Diene Augen hatten mich von Anfang an fasziniert, deine Haare finde ich echt schön. Auch nachdem du sie geschnitten hast. Du hast eine wunderschöne Stimme, ein wirklich sehr bezauberndes Lächeln, wirklich einfach nur alles an dir ist in meinen Augen perfekt! Nicht eine einzige schlimme Sache konnte ich an dir erkennen, denn es gibt keine. In dem Moment, wo mir bewusst geworden ist, was ich alles für dich empfinde, wollte ich alles geben, damit ich dich zu meiner Freundin machen kann. Die Person, der ich das als aller erstes erzählt habe ist Tamana und sie hat mich von Anfang an mit Marwa, Lasse und Pelle die ganze Zeit unterstützt. Leider kam es einmal zwischen mir und Tamana einmal zu einem Missverständnis, weswegen ich dich dann auch einmal darauf angesprochen hatte und dir von allem erzählt hatte. Leider konntest du sie damals, aber das ist auch komplett verständlich gewesen, weil wir uns da ja auch nicht so gut kannten und so. Doch du hast es mir auf so eine Art und Weise versucht zu vermitteln und erklären, wie kein anderes Mädchen zuvor. Du hast es überhaupt nicht schlimm gefunden, fandest es absolut normal und das wichtigste ist, dass es danach nicht unangenehm zwischen uns wurde.

Von dem Tag an hab ich mir vorgenommen, um dich zu kämpfen uns stets mein Bestes zu geben, denn mittlerweile hatte ich das Gefühl, dass das was ich fühle Liebe ist. Vielleicht war ich auch etwas voreilig in dem Moment, denn Liebe ist ein sehr starkes Wort.

Mir fiel es zwar häufig nicht einfach, sondern sehr schwer, um dich zu kämpfen, aber ich habe immer und immer weiter gemacht, denn ich wollte keinesfalls aufgeben.

Auf meinem Geburtstag, als ich dich das erste Mal geschminkt gesehen habe, hast du mich absolut umgeworfen., denn ich finde dich sowohl ungeschminkt als auch geschminkt einfach nur wunderschön. Wir hatten viel Spaß, es war witzig und hätte für mich nicht besser sein können. Besonders happy war ich, als du bei »Wahrheit oder Pflicht die Challenge bekommen hattest für ein paar Minuten mit einem Jungen in die Sauna zu gehen und mich genommen hast. Ich habe immer durch solche Sachen und Kleinigkeiten immer mehr Gefühle für dich bekommen und mich immer stärker in dich verliebt. Als ich dich dann gefragt habe, ob wir zusammen was unternehmen wollen und du ja gesagt hast, war och quasi der glücklichste Mensch hahaha. Es war dann auch richtig schön an dem Tag, weil wir sehr viel Spaß hatten, Deeptalk geführt hatten, lustiges gemacht hatten, zu Musik gevibet haben und noch mehr und dadurch wurde ich dann auch sehr glücklich.

Danach wusste ich auch, dass ich damals vielleicht voreilig war, als ich über Liebe gesprochen habe, aber jetzt nicht mehr voreilig bin. Das ist in meinen Augen definitiv Liebe, was ich für dich empfinde. Ich habe genug Tage und Nächte darüber nachgedacht, um diesen Entschluss treffen zu kön-

nen. Auch wenn ich nicht weiß wie es bei dir war, hoffe ich, dass du die Zeit genossen hast, denn ich habe es.

Leider weiß ich es im Moment nicht, wie es weitergegangen ist. Auch heute, der 12.2., wo ich alles noch ein letztes Mal überarbeite, wollte ich dich fragen, ob wir wieder etwas machen wollen, aber hab mich leider nicht getraut, danach zu fragen.

Ich hab mich als ich den Brief geschrieben habe, aber auch schon vorher immer gefragt, ob du eigentlich schon davon Bescheid wusstest, was ich versuche oder möchte, ich meine schließlich war es glaube ich nicht so ganz unauffällig, denn für einige aus der Klasse war es klar, was da abgeht, weswegen ja auch häufig Bemerkungen von Leuten kamen.

Aber ich bin sehr stark davon ausgegangen, dass du es weißt, weil du nicht dumm bist und wenn die Meisten aus der Klasse es checken, dann du definitiv auch.

Natürlich erhoffe ich mir etwas zwischen uns, denn es wäre das BESTE was mir passieren könnte. Alle meine Bemühungen der letzten 5 Monate und vielleicht auch kommenden Tagen, Wochen was auch immer. Alleine für den Brief habe ich fast 2 Monate gebraucht, bis ich ihn endlich verfassen konnte und das hat mich auch mehrere Stunden gekostet. Aber ich wäre so glücklich wie noch nie.

Doch beachte bitte eines. Ich zwinge dich zu Garnichts. Natürlich wünsche ich mir, dass du auch dasselbe empfindest, das ist glaube ich selbstverständlich, aber ich könnte mir niemals verzeihen, wenn du meinetwegen unfreiwillig eine Beziehung eingehst und dann am Ende dadurch nur unglücklich wirst, denn ich wünsche mir von ganzem Herzen nur das Beste für dich. Das war von Anfang an so, und es wird immer so bleiben. Deswegen tut es mir auch leid, falls das alles aufdringlich wirkt.

Es tut mir auch sehr leid, falls diese Message sehr unangenehm zu lesen ist. Das war nicht meine Intention. Ich habe mir nur wirklich viel Mühe gegeben endlich mal in Worten alles ausdrücken zu können. Es war sehr anstrengend und schwierig, aber das ist es mir wert.

Danke, dass du dir die Mühe gemacht hast, bis hier aufmerksam alles durchgelesen zu haben. Hoffentlich kannst du verstehen, was ich alles geschrieben habe und verstehst auch warum ich all dies getan habe, denn was ich zum Schluss noch sagen will ist:

Ich liebe dich!

Eine Sache ist mir allerdings aufgefallen und ich wusste selber nicht, was ich da getan habe und weshalb. Ich liebe sie? Ich hab auch ein paar Mal Im Brief davon geschrieben. Aber ich hab noch nie wirklich daran gedacht oder in die Richtung gedacht. Warum habe ich das dann überhaupt aufgeschrieben? Und noch viel wichtiger, liebe ich sie wirklich? Handelt es sich hier schon wirklich um Liebe?

Ich hab mich bisher noch nie zu einer Person so stark hingezogen gefühlt, verbunden gefühlt, umgeworfen gefühlt, verzaubert gefühlt. Mich hat die Präsenz einer Person noch nie so glücklich gemacht. Noch nie habe ich wirklich ständig, fast schon ununterbrochen an einen Menschen gedacht. Meine Gefühle für einen Menschen konnte ich nie so sehr spüren. Und in diesem Ausmaß habe ich so etwas noch nie gehabt. Ich fühle eine sehr starke Anziehung. Geistig und seelisch. Ich bewundere sie so sehr, ich mag ihr Aussehen, ihr Verhalten, ihre Art und Weise wie sie zu mir ist und noch viel mehr. Kann ich dann aber schon von Liebe sprechen?

Ich weiß nicht. Ich weiß noch nicht mal mehr, was Liebe genau ist. Liebe ist ein viel bedeutungsvolleres und mächtigeres Wort als man eigentlich denken mag. Ich glaube, die wenigsten Menschen da draußen könnten, wenn man sie direkt fragen würde, eine Definition von Liebe geben können. Ich kann es ja im Moment nicht. Deswegen bin ich auch so unentschlossen, ob das, was ich im Brief geschrieben habe, auch so stimmt. Sollte ich es vielleicht rausnehmen? Vielleicht schon ..., aber irgendwas in mir lässt das einfach nicht zu. Sobald ich wieder diesen Brief vor mir hole und ihn bearbeiten will, sagt irgendetwas in mir, dass ich es auf keinem Fall wegmachen sollte. Es ist wie ein Befehl. Aber ist es dann gelogen, was ich im Brief geschrieben habe? Einerseits denke ich mir ja, weil ich ja nicht eindeutig weiß, ob es stimmt oder nicht, aber andererseits bekomme ich manchmal auch von diesem »Etwas« in mir diese Gedanken, die mir sagen, dass das Liebe ist. Ein Gefühl, welches es mir bestätigt. Ich lass es einfach erstmal drinnen. Zur Not streiche ich das weg.

Nun sind einige Tage vergangen. Ich weiß selber noch nicht mit dem Brief weiter. Weder mit dem »Ich liebe dich«, noch mit der Frage, die ich seit n paar Tagen in meinem Kopf habe. Sollte ich ihr den Brief geben? Und wenn ja, wann sollte ich es tun? Ich meine der Brief wurde ja dafür verfasst, um ihr auf diesem Weg meine Gefühle gestehen zu können und vielleicht eignet er sich auch sehr dafür. Ich bin aber sehr unsicher. So wie bei fast jeder Sache. So bin ich aber nun mal als Mensch, denn ich möchte Fehler vermeiden. Besonders bei wirklich wichtigen Dingen.

Ich weiß auch nicht mal mehr, ob der Brief auch wirklich gut genug dafür ist, unabhängig von den ganzen Rechtschreibfehlern, die ich da gemacht habe, aber anders kann man es ja nicht von mir erwarten. Ich meine viel falsch kann man zwar nicht machen, weil schließlich habe ich ja nur meine Gefühle und Gedanken aufgeschrieben und sie sind nun mal so wie sie sind und ändern kann und will ich sie auch nicht. Mein Problem liegt vielleicht mehr daran, dass ich versucht habe, eine schöne Nachricht zu verfassen und alles so gut es geht in Worte zu fassen. Und das kann ich nicht entscheiden. Ist auch schwer, wenn ich ihn selbst geschrieben habe eine neutrale Bewertung abzugeben und so ne Einschätzung zu erhalten, die mir weiterhelfen kann. Aber meine Freunde könnten es doch? Ich meine, sie sind immer ehrlich zu mir und würden mir gute Tipps geben, falls ich etwas ändern sollte und könnten mir auch sagen, wann ich es ihr vielleicht geben sollte.

Genau deswegen habe ich es zuerst an Lasse und Marwa geschickt, weil ich mir dachte, dass die beiden besonders, wenn es um etwas Geschriebenes geht, gut helfen könnten und gute Tipps geben können und beide schienen auch zum Glück sehr begeistert zu sein. *»Sehr süß«*, *»wirklich romantisch«*, *»sehr gelungen«* und noch mehr habe ich an Lob bekommen. Marwa meinte ebenfalls, dass es so einen *»Vibe aus Animes, vor allem aus Romance-Animes, die sie besonders mag«* hat. Das ist mir anfangs gar nicht aufgefallen, aber wo sie das gedacht hat, muss ich ehrlicherweise zugeben, dass es stimmt. Und es ist doch ganz cool. Dem

Rest habe ich es auch geschickt und auch deren Feedback war sehr positiv. Besonders Pelle war sehr überrascht, denn anfangs hat er sich n bisschen darüber lustig gemacht uns meinte, dass ich *»einen auf Goethe mache«*. Aber nachdem er sich, das in Ruhe durchgelesen hat, hat er sich nicht mehr darüber lustig gemacht und schien auch sehr begeistert und wie alle anderen hat auch er mir geraten, ihr den Brief zu geben.

Und ich sehe es schon kommen. Das wird meine nächste und gleichzeitig auch größte Herausforderung sein. Und ich habe wieder großem Schiss. Was ist, wenn es noch zu früh ist? Was ist, wenn es ihr trotzdem nicht gefällt, obwohl die anderen so begeistert sind?

Seit längerer Zeit verbringe ich wieder mehrere Nächte damit, mich zu fragen, wann es so weit sein sollte und was ich generell tun sollte. Wie oft ich einfach in dieser Situation schon gesteckt habe, haha. Und immer ist sie der Auslöser, der mich so tief in meinem Gedanken treibt. Aber ich habe kein Problem damit, denn irgendwie verschwinde ich gerne in diesen Gedanken und denke nur an sie.

Es ist so, als würde ich fliegen können. Als würde ich über die Wolken fliegen können und mir die Sonne aus der Ferne ansehen können. Wie schön die Sonne ist (und heiß haha) und was sie alles Schöne an sich hat, aber vor allem, wie sie meine Welt mit einem wunderschönen Licht bestrahlt und so zu einem wunderschönen Ort macht.

Diese Sonne will ich auch weiterhin betrachten können. Und diese Sonne soll auch bitte weiterhin meine Welt mit ihrem Licht bestrahlen.

Teil 7: Ein verblüffter Träumer

Die Schule geht in eine wichtige Phase. Es ist fast März und wir sind mitten in der letzten Klausurphase vor den Abi-Prüfungen und das bedeutet auch, dass es einiges zu tun gibt. Von Vorträgen und Präsentationen bis zu Klausuren und Tests ist alles mit dabei. Die Erwartungen sind sehr hoch, aber das war schon zu erwarten, denn von Abiturienten erwartet man im Regelfall doch immer viel. Durch die ganzen Sachen komme ich zwar irgendwie gut durch und schreibe auch zufriedenstellende Noten, aber mein Fokus liegt schon seit langer Zeit nicht mehr primär auf Schule, sondern bei dem Mädchen, welches mir seit fünf, fast sechs Monaten den Kopf verdreht hat. Man kann behaupten, dass es vielleicht verantwortungslos von mir ist, denn ich sollte mich eigentlich schon in so einer Phase auf die Schule konzentrieren, denn bald beende ich sie ja auch und möchte dies natürlich auch mit einem möglichst guten Abschluss schaffen, aber es geht nun mal nicht anders. Es ist ja auch meine Sache, wie sehr ich was in den Fokus stelle und solange ich immer noch mit meinen Noten zufrieden bin, ist doch alles gut. Aber ich lege mal die Schule kurz beiseite.

Mein Kopf hat mit bisher keine Antwort auf meine Frage geben können, wie ich weitermachen soll und was ich mit dem Brief anstellen sollte.

Als Zwischenlösung will ich sie vielleicht wieder mal nach nem Treffen fragen. Wir haben ja schon etwas länger nichts unternommen außerhalb der Schule und vielleicht finde ich so einfacher heraus, wann der richtige Zeitpunkt seien könnte. Bald haben wir auch ein verlängertes Wochenende und vielleicht findet sich ja da ne Gelegenheit. Es muss sich ja nichts Großes sein. Man kann ja auch einfach nur n bisschen zusammen spazieren gehen und ganz normal quatschen. Das klingt gut. Ich werde sie einfach noch heute nach der Schule am besten fragen. Mittlerweile habe ich auch mehr Eier und hab nicht mehr so stark diese Angst sie zu fragen, ob wir uns treffen wollen. Da sollte das kein Problem darstellen.

Die Schule ist nun vorbei und wir beide sind zusammen auf dem Weg nach Hause. Ich werde sie wieder einfach am Ende fragen, ob sie Zeit hat.

»Ich hab übrigens bei »Seven Deadly Sins« die erste Staffel durch.« (Seven Deadly Sins ist auch ein Anime, den sie besonders mag)

»Echt? So schnell schon?«

»Ja. Ich war schnell mit den Hausaufgaben und so durch und hatte mehr Zeit am Ende. Hab deswegen einfach alles durchgeguckt.«

»Ahh. Und wie findest du es?«

»Ich muss sagen, dass ich es ganz gut fand. Dieses Setting im Mittelalter finde ich auch ganz cool.«

»Ahh ja ich auch. Wer ist dein Lieblingscharakter?«

»Ich mag Ban irgendwie. Ich finde seine Art ziemlich cool und er hat ne echt gute und traurige Backstory bekommen.«

»Ah. Ich mag persönlich King und Diane ziemlich gerne. Ich finde beide ziemlich cool und ich mag generell die Beziehung zwischen den Beiden und shippe(Shippen ist ähnlich

wie verkuppeln) die beiden sehr, weil die beiden so süß und romantisch zusammen sind. Ich mag deswegen auch die Serie generell, weil sie sehr viel von Liebe und so handelt und das ist einfach mein Ding. Deswegen ist »Seven Deadly Sins« einer meiner Favourites.«

»Ja kann ich auch verstehen. Die erste Staffel war ziemlich gut und bin jetzt auf den Rest gespannt.«

»Ehh ich wollte dich noch was fragen.«

»Ja?«

»Hättest du eigentlich irgendwann mal wieder Lust, dich wieder zu treffen?«

»Ja, eigentlich hätte ich nichts dagegen.«

»Cool. Wann passt es dir denn?«

»Das weiß ich leider nicht so. Dieses Wochenende kann ich nicht, weil ich schon beschäftigt bin und bei nächster Woche bin ich mir noch nicht so sicher, aber ich denke vielleicht hätte ich Mittwoch am besten Zeit, aber weiß ich noch nicht so ganz.«

»Wenn du dir noch nicht so sicher bist, dann können wir nochmal nächste Woche darüber reden, wenn du vielleicht besser Bescheid weißt oder so.«

»Ja okay, können wir gerne so machen.«

»Perfekt. Dann hab n schönes Wochenende und bis nächste Woche.«

»Danke, du auch. Tschüss.«

Okay, das hört sich doch gar nicht mal so schlecht an. Sie scheint ja kein Problem damit zu haben, sich mit mir zu treffen. Das Problem bei ihr ist eher die Zeit und selbst diese sollte man ja irgendwann finden können. Ich kann dann am Wochenende mal überlegen, was wir so zusammen machen wollen, aber wahrscheinlich reicht es auch, wenn wir zusammen einfach spazieren, vor allem weil wir im Moment richtig gutes Wetter haben.

Es ist jetzt Dienstagabend. Gerade eben habe ich mit ihr geschrieben und wir haben uns drauf geeinigt, dass wir uns einfach morgen nach der Schule treffen. Sie hat Spanisch als Fach und ich nicht, weswegen sie etwas später Schluss hat als ich. Morgen soll das Wetter sehr gut sein und auch ziemlich warm nach langer Zeit. Deswegen ist, glaube ich das Spazieren ne gute Idee.

Gleich wollte ich auch noch mit Marwa, Lasse und Tamo telefonieren, weil ich n bisschen über sie reden wollte und Tipps brauche haha. Pelle wird vielleicht auch dabei sein, weil der kommt gleich zu mir, um mir die Haare zu schneiden. Kein Friseur hat halt im Moment offen und deswegen lass ich es mir einfach von ihm machen, weil ich es im Moment echt nicht aushalte. Außerdem ist auch noch jemanden dabei. Rohan. Rohan ist der Freund von Tamo und ich habe ihn vor ein paar Wochen kennengelernt. Er ist zwar richtig nett und witzig und so, aber was mir direkt auffiel ist, dass er und Tamo sooo gut zueinander passen. Er ist einfach Tamo in männlich. Das coole ist auch noch, dass er aus Afghanistan und Indien kommt und auch Hindi oder Urdu versteht. Ich erinnere mich gerade an den Moment zurück, wo Tamo mir erzählt hat, dass sie mit Rohan zusammen ist. Das war eine Woche vor meinem Date.

Wir waren zusammen im Fahrstuhl.

»Wusstest du, ich hab ja jetzt nen Freund.«

»Ah cool. Warte was? (Ich hab, das anfangs gar nicht realisiert und hab n bisschen gebraucht)

»Jetzt ernsthaft?«

»Ja.«

»Ohaa. Wer ist der Glückliche?«

»Rohan.«

»Ach was? Krass. Oha Glückwunsch!« (Damals hatte ich nur von ihm gehört, aber kannte ihn nicht. Aber trotzdem haben wir beide uns voll im Fahrstuhl gefreut.«

Zehn Minuten sind vergangen. Pelle ist mittlerweile da und wir sind auch schon am Telefonieren. Am Anfang hab ich nichts verstanden, weil einfach jeder irgendwie rumgeschrien hat, vor allem Marwa und Tamo. Warum auch immer. Hat n paar Minuten gedauert, bis wir vernünftig angefangen haben zu reden.

»Also das Ding ist, wir haben einfach ausgemacht, dass wir uns einfach morgen nach der Schule treffen. Dann können wir ja im guten Wetter einfach n bisschen spazieren, dachte ich mir.«

»Ja, das hört sich doch gut an, aber eine Sache muss ich dir noch erzählen. Tamo und ich haben ja heute mit ihr nach der Schule noch n bisschen gelernt und ich weiß nicht, ob du das weißt, aber sie hat sich vor ein paar Wochen mit Malte getroffen, also das war schon so n Date.«

»Ja, das dachte ich mir schon und ich hab darüber auch mit Lasse gesprochen.« (Malte ist der Typ, der früher in unsere Klasse ging und auch auf sie steht.)

»Jap.« (Hahah viel kann Lasse aber auch nicht dazu sagen)

»Das Ding ist sie meinte zu uns, dass es irgendwie nicht so ein gutes Date war, weil Malte irgendwie sehr schüchtern war und sie das Gespräch führen musste und so, aber was

mir und Tamo voll aufgefallen ist, ist dass sie Malte viel mit dir verglichen hat.« (Warte, wie meint sie das?)

»Wie meinst du das?«

»Sie hat das Date mit Malte oft mit dem von euch verglichen und hat sehr gut über euer Date gesprochen und meinte so, ja mit ihm konnte ich mich sehr gut unterhalten und alles Mögliche und er hat mich auch so sehr zum Lachen gebracht und sie meinte auch, dass sie seit langem nicht mehr so gelacht hat also sie war schon wirklich voll am Schwärmen davon.« (WAS?! Das ist voll gut. Pelle hat mir direkt auch den Handschlag gegeben und meinte direkt sehr gut und so)

»Ich hab doch gesagt, es läuft gut.»(Lasse war direkt voll überzeugt)

»Ja, vielleicht hast du doch recht.«

»Wir haben ihr dann auch noch gesagt, dass du sehr oft von ihr schwärmst und sehr gut von ihr redest. Dann wurde sie auch direkt rot.«

»Ist das jetzt n gutes Zeichen?«

»Ja natürlich man, sie hat sich wahrscheinlich sehr geschmeichelt gefühlt und wurde deswegen rot.« (Ja, Tamo hat wahrscheinlich recht)

»Würdet ihr mir jetzt noch irgendwas für morgen raten? Den Brief geben oder da noch warten?«

»Ich würde dir raten, guck dir vielleicht mal an, wie sie morgen so ist vom Verhalten oder wie sie drauf ist und bald kannst du ihr dann den Brief geben.«

»Sei einfach du selbst. Es läuft ja dadurch schon ganz gut und deswegen muss du dir erstmal keine Sorgen darum machen. Das wird ganz bestimmt schon.«

»Okay danke euch.«

»Hallo? Hört ihr mich?«

(Mittlerweile ist Rohan auch im Call.)

Erstmal haben wir Rohan alles erzählt, was wir besprochen haben und haben ihm auch von morgen erzählt.

»Guck mal, irgendwann wirst du ihr den Brief geben müssen. Das kannst du morgen tun oder wann anders, aber irgendwann muss es geschehen. Und du musst dir dabei bewusst sein, dass es nie den richtigen Zeitpunkt dafür geben wird. Du wirst den Zeitpunkt zum richtigen Zeitpunkt machen müssen!« (Wow. Das war ja richtig reif und weise von ihm!)

Das Gespräch ging dann noch ne Weile und wir haben über irgendeine Scheiße gelabert. Hat echt gut getan, mit denen zu sprechen, denn ich mache mir halt oft Sorgen. Auch unterbewusst. Deswegen ist es immer n schönes und erleichterndes Gefühl, wenn ich immer von denen beruhigt werden. Sie wissen ja von der Lage auch Bescheid und sagen deswegen auch nichts Dummes und geben mir immer gute Ratschläge. Besonders der letzte von Rohan hat mich beeindruckt.

Gerade schneidet Pelle mir auch nebenbei noch die Haare und wir quatschen noch n bisschen nebenbei.

»Hattet ihr eigentlich beim letzten Date auch Momente, wo ihr einfach keine Gesprächsthemen hattet?«

»Naja also es gab schon Momente, wo es kurz still war und nichts gesagt wurde, aber es war meistens nur kurz, weil dann immer jemand was gesagt hat und cringe hat es sich zumindest für mich angefühlt. Bei ihr glaube ich auch nicht.«

»Ja, das ist wichtig. Du weißt ja noch bei meiner Ex haha. Beim ersten Treffen haben wir einfach so lange so oft nichts gesagt und es war mega unangenehm.«

»Ja ich weiß. Aber generell habe ich da keine Angst irgendwie. Bei uns ergibt sich immer was. Zumindest war es bisher immer der Fall und ich wüsste nicht, wieso das nicht wieder so sein sollte. Sie ist zwar n recht schüchternes Mädchen, aber wenn du sie näher kennenlernst, kannst du dich richtig gut mit ihr unterhalten und sie kann dann auch sehr ...«

»Offen sein haha und das ist etwas, was du sehr an ihr magst haha. So oft habe ich mir das schon angehört, haha.«

»Hahaha sorry bre.«

»Hä alles gut. Ist doch nicht schlimm. Du machst dir immer nur zu viele Sorgen. Und ich finde, zu Unrecht.«

»Aber ich mache mir immer zu viele Gedanken. Ich bin immer so. Du weißt es ja.«

»Ja ich weiß und ich kann ja gewissermaßen nachvollziehen, dass du dir so viele Gedanken machst, aber diese negativen Gedanken, die sind falsch. Was bringt es dir denn den Kopf zu zerbrechen?«

»Nichts.«

»Richtig! Die Lage ändert sich ja dadurch eh nicht. Und das muss sie sich auch nicht, denn du musst begreifen, dass es doch gut so ist im Moment.«

»Ich weiß und du hast auch recht, aber ich hab Angst, dass etwas schiefläuft oder dass ich was falsch mache, denn dieses Mal will ich wirklich alles richtig machen. Ich will sie schließlich für mich gewinnen.«

»Und das wirst du auch, wenn du weiterhin du selbst bleibst. Aber so bist du nicht du selbst.«

»Du hast recht. Ich versuche einfach morgen ich selbst zu sein. Schließlich will ich ja, dass sie mich liebt und nicht irgendeine verstellte Version von mir.«

»Wichtig und richtig haha. Du kriegst das schon morgen hin.«

Neuer Tag beginnt und wir haben heute zum Glück perfektes Wetter. Es ist für diese Jahreszeit auch mega warm. Ich schwitze gerade auch ziemlich, aber ob es wirklich nur an der Wärme liegt oder daran, dass ich gerade n wenig aufgeregt bin ist ne andere Sache.

Und ich sehe sie jetzt auch schon vom weitem kommen. Ist es normal, dass je näher sie herkommt, desto mehr spüre ich so n komisches beziehungsweise aufgeregtes Gefühl? Wahrscheinlich schon, aber ich soll ja wie gesagt. Einfach so sein, wie ich es auch normal bin. Dann wird das schon.

Sofort startet auch das Gespräch schon und wir reden und reden und das wirklich Nonstop. Nebenbei sind wir auch am Spazieren und es ist einfach n schönes Gefühl. Ich hatte sowas auch noch nie zuvor, dass ich mich wirklich ständig mit nem Mädchen ununterbrochen so gut unterhalten kann, ohne dass es an irgendeiner Stelle unangenehm wird und ständig habe ich das Gefühl, dass wir uns mega gut verstehen und ich glaube, sie denkt es auch. Zumindest hoffe ich es, haha.

Kurze Zeit später setzen wir uns auf ne Bank, aber das Gespräch lief immer noch genauso weiter.

»Ich bin aber auch echt gespannt, was bei den Klassenwahlen im Abibuch rauskommt.«

»Ja bin ich auch. Hast du alles ausgefüllt?«

»Ich glaube schon. Du?«

»Nein, weil bei manchen Sachen wusste ich einfach nicht, wen ich da reinpacken soll. Ich hab auch eben noch mit n paar in Spanisch darüber gesprochen und die haben auch nicht alles ausgefüllt.«

»Ja okay, kann ich verstehen, aber ich hab irgendwie immer jemanden, der auch nur halbwegs passt genommen.«

»Hast du dich eigentlich selbst in ner Kategorie genommen?« (Ein kurzer Augenblick und ich bin wieder nicht mehr richtig bei der Sache. Sie nimmt ihren Ellenbogen und legt ihn auf die Bank und stützt mit ihrer Hand, die sie zu einer Faust macht, ihren Kopf und den Blick, den sie dabei hat, ist einfach nur umwerfend. Plus ihr Lächeln. Als hätte mir gerade jemand in die Brust geschossen und ich würde umfallen. Aber ich sollte lieber auf ihre Frage antworten. Nicht, dass es auffällig wird.)

»Ja hab ich mich bei einer gepackt, weil ich halt da wirklich nicht wusste, wen sonst, aber ich dachte vielleicht passen ich da. Bei »größte Veränderung« war das.«

»Ja, aber da passt du auch voll rein. Ich hab dich da auch genommen.«

»Echt? Findest du wirklich?

»Ja voll! Wir haben auch letztens in Spanisch darüber gesprochen und alle meinten, du passt da voll rein.«

»Ohaa echt?«

»Ja voll! Du hast voll den Glow-up bekommen finde ich und dich auch vom Charakter her verändert. Also vielleicht liegt das bei mir daran, dass ich dich vorher nicht so gut kannte, aber trotzdem.«

»Oha, das schmeichelt mir gerade voll haha.«

»Hahaha.«

Wie viel wir miteinander gesprochen haben, weiß ich gar nicht, aber es kommt mir einfach so vor, als wären das fünf bis zehn Minuten gewesen. Ich kann mich immer nur wiederholen. Es macht mir so viel Spaß, mit dir Zeit zu verbringen und es ist egal, was wir machen. Ob wir nur irgendwo spazieren gehen oder ob wir einfach auf einer Bank sitzen oder über den größten Müll miteinander reden, es ist einfach eine schöne Zeit, die ich mit dir verbringen kann.

»Ich muss jetzt leider wieder nach Hause.«

»Klar, dann bringe ich dich einfach nochmal ganz kurz nach Hause.«

»Ich hätte eigentlich gern noch mehr Zeit mit dir verbracht, weil mir hat es ziemlich Spaß gemacht mit dir. Aber ich muss leider noch ein paar Sachen erledigen.«

»Ach alles gut. Ich kann es ja verstehen. Mir hat es aber auch Spaß gemacht. Wir können das ja gerne nochmal irgendwann machen, wenn du Lust hast.«

»Gerne.«

Ein Tag ist mittlerweile vergangen. Den restlichen letzten Tag habe ich nur damit verbracht an sie zu denken und nichts anderes. Marwa habe ich gestern spontan noch getroffen und wir haben zusammen kurz gechillt und selbst mit ihr habe ich fast nur über sie gesprochen. Ich hoffe, dass ich sie nicht genervt habe damit, aber noch nie, wirklich noch nie hat mir jemand so sehr den Kopf verdreht, wie sie es hat. Sowas empfinde ich wirklich zum ersten Mal und es fühlt sich so besonders und einzigartig an.

Ich hab es schonmal gesagt. Ich weiß, dass ich mich häufig, wie n fetter Simp anhöre. Ich meine, wie ich von ihr schwärme, ununterbrochen an sie denke. Wie die Erde sich um die Sonne dreht, so dreht sich meine Welt um sie. Alleine wie ich gerade rede häääää. Ich bin ein richtiger Simp. Sowas habe ich noch nie getan. Ich hab nicht mal ansatzweise solche Dinge im Kopf gehabt oder so gedacht. Was sie sich auch denken müsste, wenn sie das zu hören bekommen würde.

Selbst den heutigen kompletten Tag habe ich bisher nur an sie gedacht. Ich habe einiges zwar erledigen müssen, zum Beispiel musste ich ein Video aufnehmen für Geographie. Ein Vortrag über Wasserstoffenergie. Hab auch n paar Stunden dafür gebraucht, bis ich es fertig gedreht hatte. Außerdem bestand meine Mutter darauf, dass ich auch noch mein Zimmer putze, weil ich es mal wieder Zeit dafür wurde, aber wenn es wirklich so nötig gewesen wäre, dann wäre ich nicht so schnell fertig geworden damit. Vielleicht habe ich auch einfach nur schlecht geputzt, aber ist auch egal. Jedenfalls ist sie auch während all diesen Aktivitäten immer noch in meinem Kopf gewesen und ist es immer noch. Es ist auch schon abends. Der Tag ist fast um und immer noch dreht sich alles um sie. Auch wenn ich das jetzt nicht als wirklich schlimm ansehe, sollte ich dennoch vielleicht auch zwischendurch mal auf andere Gedanken kommen oder nicht?

Doch plötzlich klingelt mein Handy. Es ist eine Nachricht von ihr. Sie fragt mich, was ich mache. Ich habe einfach gesagt, dass ich nichts mache und sie dann auch gefragt, was sie macht. sie meint, sie läuft gerade nur draußen herum und ich weiß nicht wieso, aber will sie sich vielleicht mit mir treffen? aber würde sie dann nicht fragen, ob wir uns treffen wollen? Ganz ehrlich scheiß darauf, ich frag sie einfach, ob wir uns spontan treffen wollen. Ich habe ja nichts zu verlieren.

Sie hat einfach ja gesagt. Ich wusste es, sie wollte sich wirklich mit mir treffen. Ganz ehrlich, scheiß mal auf mein Essen, ich muss mich sofort mit ihr treffen.

Wir haben Mitternacht und ich bin gerade nach Hause gekommen und ich kann echt nicht beschreiben, was das alles gerade war. Es war einfach ein Traum. Was alles passiert ist, oh mein Gott ich komme nicht drauf klar, mein Herz ist immer noch am Rasen, mein Kopf ist voller Gedanken an den heutigen Abend und ich bin einfach nur überwältigt.

Direkt als wir uns getroffen haben, sind wir wieder zur Bank von gestern gegangen und haben angefangen wieder ein bisschen zu plaudern und es waren ganz coole Themen dieses Mal sogar, vor allem aber auch tiefgründige Themen. Zum Beispiel haben wir über Kinder gesprochen:

»Willst du eigentlich mal Kinder haben?« (Coole Frage, die sie mir stellt)

»Ja unbedingt. Ich finde, Kinder sind die tollsten Sachen im Leben. Sie geben dir die schönsten Momente und Erinnerungen im Leben. Wie ist es bei dir?«

»Ja ich stimme dir zu. Ich mag auch Kinder und will später welche haben, aber ich hab Angst, dass ich nicht so gut mit denen umgehen könnte.«

»Echt? Wieso glaubst du das?«

»Weiß nicht, aber ich hab manchmal das Gefühl, dass ich die Kinder sehr verschrecke oder so haha.«

»Haha das wird schon nicht so sein. Ich finde aber, dass ich eigentlich recht gut mit Kindern umgehen kann.«

»Ahh echt?«

»Ja glaube schon. Ist dir das Geschlecht egal?«

»Ja eigentlich schon. Mich stört es nicht, ob es am Ende n Junge oder n Mädchen ist.«

»Ja same. Aber ich möchte halt beide haben, weißt du?«

»Mhm.«

»Aber Kinder möchte ich erst haben, wenn ich verheiratet bin, weil ich möchte Kinder haben mit der Frau meines Lebens und das macht man ja schon quasi durch das Heiraten fix, weißt du?«

»Jap.«

So ging das gefühlt ewig weiter. Und wir haben wieder die ganze Zeit einfach gesprochen, egal was es war, wir haben einfach uns gut miteinander unterhalten. Kurze Zeit später sind wir aufgestanden und Richtung Lohe gegangen. Bei der Lohe war ich irgendwie noch nie. Wenn ich das beschreiben müsste, würde ich sagen es ist einfach so ein Wald/Feldweg, wo man vielleicht ganz gut spazieren gehen kann, zusammen. Außerdem bietet es sich auch richtig gut an, weil wir so einen klaren Sternenhimmel heute haben. Einfach passend zur aktuellen Situation.

Was mir allerdings die ganze Zeit aufgefallen ist, ist, dass es hier die ganze Zeit kalt war.

»Ist dir kalt?«

»Ja schon.«

»Willst du mein Pulli haben?« (Das ist n wichtiger Move, weil es richtig romantisch rüberkommen kann.)

»Nein nein. Dann wird dir noch kalt. Ich brauche nur n bisschen Bewegung, dann wird mir schon wieder warm.«

»Okay.«

»Immer wenn ich zum Beispiel im kalten Wetter laufen gehe, wird mir recht schnell warm.«

»Ja? Dann lass doch vielleicht n kleines Wettrennen machen. Dann wird dir schon warm.«

»Hier und jetzt?«

»Ja.«

»Okay, warum nicht, aber ich glaube, du bist schneller als ich.«

»Das werden wir gleich sehen. Bereit?«

»Yess!«

»Okay, 3, 2, 1 und LOS!« (Was ist hier eigentlich los? Wir machen einfach so random ein Wettrennen? Und es macht einfach nur Spaß! Ich fühl mich einfach so frei so erfüllt so glücklich mit ihr wow. Die behindertsten Sachen können einfach mit ihr Spaß machen und das ist so cool. Und das Wetter ist auch ziemlich spannend. Ich bin zwar, was das Sprinten und so angeht schneller als sie, aber ihre Ausdauer ist einfach so heftig, weswegen ich nicht einfach auf lange Strecke gegen sie verloren hab. Aber es war richtig cool und zumindest mir ist ziemlich warm geworden dadurch.)

»Oh man ich kann nicht mehr haha. Aber du hast verdient gewonnen.«

»Aber du warst eigentlich die ganze Zeit schneller als ich.«

»Ja schon, aber am Ende hast du mich ja eingeholt. Ich muss echt sagen, du hast ne richtig gute Ausdauer. Wirklich wow!«

»Danke schön, aber deine ist auch ganz gut.«

»Joa geht haha. Ist dir eigentlich jetzt wärmer geworden? Weil mir ist gerade echt warm und ich bin so durch durchs Laufen.«

»Ja jetzt ist mir auch wärmer geworden.«

»Dann hat sich das Laufen ja gelohnt.«

»Auf jeden Fall. Vor allem, weil es so witzig war, haha.«

War doch ne gute Idee, dass wir gelaufen sind. Ich hab also bisher alles richtig gemacht.

Und dann als wir in die Lohe hereingegangen sind, war es so schön. Man hat deutlich gesehen, wie voll der Himmel mit Sternen war, wie doll der Mond auf uns gestrahlt hat und wie schön dadurch die ganze Lohe aussah.

»Jetzt ist mir doch wieder kalt geworden.«

»Oh man so schnell wieder? Wir bräuchten echt ne portable Heizung weißt du, haha.«

»Ja, das wäre echt praktisch jetzt.« (Sie ist schon wirklich echt am Zittern. Ganz ehrlich, ich gebe ihr mein Pulli.)

»Ganz ehrlich, warte mal.« (Ich habe ihn einfach ausgezogen, ohne sie zu fragen.)

»Nimm mein Pulli. Du bist echt krass am Zittern und Frieren. Der wird dich warmhalten.«

»Sicher? Aber dann wird dir kalt werden.«

»Mir ist gerade ziemlich warm noch vom Laufen und du hast ihn nötiger als ich.«

»Aww Danke schön. Der ist ziemlich vorgewärmt. Sicher, dass dir nicht kalt ist?«

»Ach juckt nicht. Noch geht das voll.«

»Ach vielleicht hilft das ja dabei.«

(UND AUS DEM NICHTS KLAMMERT SIE SICH AN MEINEM ARM! WAS IST HIER GERADE LOS? UND WIE SIE DABEI EINFACH LÄCHELT UND MICH ANSCHAUT)

»Ach, dann mache ich einfach so. Ist besser.«

(Ich lege meinen Arm um sie herum und sie nimmt ihren anderen Arm und legt ihn um meine Hüfte. Ich kann es einfach nicht glauben, was ist hier gerade los?)

Und genau in dieser Haltung sind wir mindestens ein oder 2 Stunden lang durch die Lohe gelaufen und haben über alles Mögliche gesprochen. Ich habe einfach nicht verstanden, was hier gerade los ist. Es wirkte schon so als wären wir wirklich ein Paar. Das muss ein eindeutiges Zeichen sein, oder? Ich meine, dass sie sich einfach so an mich ran geklammert hat. Es war auf jeden Fall wundervoll. Besonders die Momente, wo wir einfach kurz stehengeblieben sind und uns den Mond angeschaut haben. Es war einfach so unfassbar traumhaft. Sie war vor allem so traumhaft. Ihre Ausstrahlung wirft mich erneut komplett um, ihr Lächeln ist so schön, im Mondschein erlangen ihre Augen ein ganz besonderes Funkeln und ich kann nicht aufhören von ihr zu schwärmen, denn es ist alles so unbeschreiblich. Es war wirklich so als wäre ich in einem Traum gewesenen und so fühlt es sich immer noch an. Und das war noch nicht alles.

»Sicher, dass dir nicht kalt ist? Wir laufen jetzt schon lange herum und nicht, dass du dadurch krank wirst oder so.«

»Ach quatsch. Es geht voll. Außerdem wärmst du mich ja so auch ein bisschen. Wie ist es bei dir? Ist dir jetzt nicht mehr kalt?«

»Zum Glück ja. Mir ist viel wärmer geworden. Aber mehr durch dich, wegen deiner Körperwärme. Hahaha als wärst du meine portable Heizung haha. Ich hab, glaube ich, einen neuen Spitznamen für dich. Aber der ist n bisschen zu lang. PH passt besser, haha.«

Ein paar Stunden später waren wir auch so langsam auf dem Weg nach Hause, weil es wurde jetzt wirklich etwas spät und auch immer kälter.

»Danke fürs nach Hause bringen. Der heutige Abend hat mir echt meinen Tag gerettet. Das war das Beste heute.«

»Wirklich?«

»Ja! Ich war heute n bisschen depri drauf und mir ging es nicht wirklich so gut, aber das heute hat mich jetzt echt glücklich gemacht.«

»Freut mich. Mir hat es auch sehr viel Spaß gemacht.«

»Dann komm gut nach Hause und bis dann.«

»Bis dann.«

Was hier wirklich alles passiert ist, heute war mehr als wunderschön. mir fehlen wirklich zum Teil echt die Worte, um das alles beschreiben, zu können, was in mir gerade Mir fehlen, wirklich zum Teil echt die Worte, um das alles beschreiben zu können, was in mir gerade abgeht. Ich habe eigentlich direkt Pelle angerufen, aber der war schon am Pennen. Deswegen habe ich lasse direkt angerufen und er ist zum Glück auch rangegangen. Ich habe ihm die ganze Story vom Anfang an bis zum Ende erzählt und er ist einfach nur vom Stuhl gefallen. Nee, das ist wirklich so gewesen. Er ist wirklich vom Stuhl gefallen. Und selbst er konnte nicht richtig fassen, was hier gerade passiert ist, aber er wusste, dass es etwas Gutes ist. Natürlich ist es was Gutes. Wer was anderes behauptet, ist einfach behindert. Aber noch viel besser ist, dass ich auf dem Weg nach Hause eine Nachricht von ihr bekommen habe, wo sie sagt, dass ich ihr Bescheid sagen soll, dass ich zu Hause angekommen bin. Sie ist einfach so süß. Vor allem, weil sie mir einfach noch währenddessen geschickt hat, wie sie mich jetzt auf WhatsApp umbenannt hat. Sie ist einfach ein Traum.

Ich habe es gerade eben auch noch in der Gruppe mit den anderen reingeschrieben und den erzählt, was heute alles so passiert ist und auch ihre Reaktion waren einfach nur gut, denn selbst die haben gesagt, das ist einfach ein richtig gutes Treffen war.

Und hier liege ich jetzt gerade, um 02:00 Uhr morgens und denke noch viel mehr an sie, als ich es bereits getan habe. Das heute hatte mir noch so einen weiteren Gefühlsboom ausgelöst, dass ich einfach nicht anders kann. Ich schwärme in meinen Gedanken nur von ihr. Und ich bin echt sprachlos. Ich fühle immer mehr und mehr für dieses Mädchen und das Zunehmen meiner Gefühle nimmt kein Ende. Ich glaube, ich bin auf einem guten Weg. Und vielleicht dauert es nicht mehr so lange, bis ich hier endlich meine Gefühle offenbaren kann. Und wenn es so weitergeht wie jetzt, dann sieht es sehr gut aus für uns und das ist das, was ich mir am meisten erhoffe. Es gibt im Moment nichts anderes, was ich mir mehr wünsche. Aber ich will jetzt nicht zu selbstbewusst werden, denn nur weil es einmal gut lief, heißt es noch lange nicht, dass am Ende auch das bei rumkommt, was man sich erhofft. Man weiß nämlich nie, welche Überraschungen der Morgen für einen bereithält. Aber im Moment genieße ich das Heute, denn es steht sowieso schon fest, was morgen passieren wird. Mal schauen, was die Zukunft so alles für mich mitbringen wird. Mal bin ich mehr am Träumen und mal einfach nur verblüfft von ihr. Heute bin ich beides. Ein verblüffter Träumer!

Teil 8: Eine verliebte Seele

Eine verliebte Seele. Das ist das, was mich vielleicht schon seit längerer Zeit gut beschreibt, aber besonders in letzter Zeit gibt es keinen besseren Weg, um mich, meine Gefühle und Lage beschreiben zu können. Denn es bin nicht ich, der sich verliebt hat, sondern wirklich meine Seele. Und von Zeit zu Zeit wird dieses Gefühl immer stärker und intensiver, aber es würde eigentlich auch komisch sein, wenn das nicht so wäre.

Eine Woche ist seit unserem Treffen vergangen und ich verbringe immer noch Stunden damit an diesen Abend zu denken. Ich hab lange nicht mehr so einen wundervollen Abend gehabt. Kein Abend hat es aber auch geschafft, so eine Wirkung auf mich zu haben.

Es bestätigt sich halt immer wieder und wieder, dass sie ein wahrlich besonderes Mädchen ist. Ein Mädchen, wie kein anderes, das ich bisher kennengelernt habe. Aber auch generell als Person ist sie so besonders. Mit keiner Person hatte ich bisher jemals so viel Spaß gehabt, wie mit ihr. Und wir machen nicht mal mehr die coolsten und aufregendsten Sachen, denn es sind immer die normalen Sachen, die wir bisher unternommen haben. Da merkt man aber, dass es primär um die Person geht und nicht um die Tätigkeit. Den Beweis dafür habe ich oft genug schon erlebt.

Wie gesagt, eine Woche ist jetzt vergangen und ich habe wieder Lust, mit ihr abzuhängen. Es ist halt so ne schwierige Zeit, weil wir im Moment halt unsere letzten Klausuren schreiben vor dem Abi und so wie ich sie kenne, wird sie wahrscheinlich viel lernen, weswegen ich nicht weiß, ob sie sich dann treffen kann und so. Aber eigentlich sollte sie doch bestimmt n bisschen Zeit finden können. Wir müssen ja nicht auf so n richtiges Date gehen. Es reicht mir auch definitiv, wenn wir n bisschen zusammen rumgehen. Spaß habe ich ja sowieso immer, wenn sie dabei ist. Ich frage sie einfach gleich, wenn wir uns auf dem Weg treffen.

Da kommt sie auch schon. Soll ich sie eigentlich jetzt schon fragen? Oder erst nachher? Ach, es wird sich schon ne Möglichkeit ergeben. Da mache ich mir mal keine Sorgen. Aber dafür bereitet mir eine andere Sache n bisschen Sorgen. Sie wirkt sehr anders als normalerweise. Irgendwie, als wäre sie traurig oder bedrückt.

»Ist alles in Ordnung?«

»Passt schon.« (Also ist doch was los.)

»Wenn du willst, kannst du es mir ruhig erzählen und ich behalte es auch für mich und kann dir vielleicht auch helfen.«

»Jaja ist klar.« (Hab ich was Falsches gesagt? Eigentlich doch nicht, oder? Oder hab ich was Falsches gemacht? Ist sie meinetwegen so drauf? Oh nein, bitte nicht.)

Ich weiß nicht, was ich noch auf dem Weg jetzt sagen soll. Wir gehen gerade und zwischendurch sagt mal einer wieder etwas, aber ich bin durcheinander. Was könnte ich denn getan haben? Das Dumme an der Sache ist halt, dass mir aber auch nichts einfällt, was ich denn getan haben könnte.

Ohh nein. Vielleicht doch. Ich erzähle ja Marwa und Tamo ganz viel. Vielleicht haben die ihr einiges erzählt und sie ist deswegen pissed. Vielleicht hat sie deswegen auch so geantwortet, als ich gesagt habe, dass ich es für mich behalten würde. FUCK! Ich bin echt behindert. Ich erzähle zu viel. Ist das aber wirklich so schlimm? Ich meine, ich erzähle ja eigentlich nur was passiert und was ich denke und fühle. Vielleicht hat es ihr das alles doch nicht so gepasst. Sie mag es eventuell nicht, wenn ich zu viel erzähle. Es ist ja nur ne Vermutung, vielleicht ist das gar nicht so, aber ich sollte aufpassen.

Was mache ich bloß? Ich fühle mich so schuldig. Ich weiß nicht, ob ich etwas Falsches getan habe oder nicht, aber der Gedanke, dass ich etwas Falsches getan haben könnte zerfrisst mich innerlich schon seit Stunden. Die erste Doppelstunde in WiPo (Wirtschaft und Politik) hab ich überhaupt nicht aufgepasst und jetzt sitze ich gerade in Bio, starre auf meinem Zettel, voll mit Informationen über das menschliche Nervensystem, während meine eigenen Nerven vor Stress und Angst beinahe versagen. Ich weiß auch nicht, ob ich sie darauf ansprechen sollte oder nicht. Es ist vielleicht keine so schlechte Idee. Zumindest ist es die vernünftige Methode. Ich weiß nur nicht wann, weil sie nach der Schule noch mit Tamo und Marwa zusammen lernen wird. Ich schaue einfach mal, aber im Moment sollte ich ehrlich jetzt mal arbeiten. Wir schreiben nächste Woche Geschichte und Bio und beides habe ich noch nicht vorbereitet. FUCK man ich bin echt am Arsch. Ich verkacke gerade alles!

»Na, was ist los? Schlecht drauf?« (Selbst meine Lehrerin merkt das)

»Ich bin nur sehr müde und leider fällt mir gerade das Denken etwas schwer. Ist halt gerade ne anstrengende Phase für mich. Aber ich gebe mir Mühe« (Ich hoffe, dass sie es mir

nicht übelnimmt, weil sonst schaffe ich es bestimmt nicht mindestens 10 Punkte auf dem Zeugnis zuhaben.)

»Jeder erwischt mal so nen Tag. Ist ja nicht schlimm.« (PUH! Zum Glück zeigt sie Verständnis)

Ich sollte mich echt zusammenreißen, weil ich so nur unnötige Aufmerksamkeit erzeuge, die ich nicht gebrauchen kann.

»Alles in Ordnung?« (Plötzlich, stand sie vor mir und anscheinend ist es selbst ihr aufgefallen. Na toll)

»Na ja. Kann ich dich was fragen?«

»Ja?«

»Hab ich was Falsches gemacht?«

Sie zögert nicht und versucht mich mit nem Kopfschütteln zu beruhigen und sagt, dass es nur ein Joke war. Doch nicht nur das. Sie malt n Herz auf mein Blatt und macht ihre Daumen hoch und lächelt währenddessen. Ich kann es zwar unter der Maske nicht sehen, aber ich kenne ihre Gesichtszüge und ihr Lächeln gut genug, um es einschätzen zu können. Alles ist ja schön und gut und ich bin jetzt zwar sehr beruhigt, aber was sollte das Herz? Ich weiß auch, dass es was Gutes ist und so, aber mein Kopf ist ziemlich verwirrt. Sie denkt sich bestimmt auch gerade sonst was von mir. Abwarten. Was das zu bedeuten hat, wird sich schon noch zeigen, aber auf jeden Fall bin ich jetzt sehr beruhigt, dass ich nicht der Grund bin, weshalb es ihr so schlecht geht beziehungsweise ging. Das hat meine Stimmung auch direkt wieder gepusht, auch wenn ich die ganze Zeit an die Sache mit dem Herz denken musste.

»Hää, das ist voll das eindeutige Zeichen eigentlich!«

Es ist nachmittags und anstatt zu Lernen zocke ich mit Pelle und n paar anderen zusammen Fifa und wir chillen zusammen und labern n bisschen. Natürlich ist sie wieder das Thema Nummer 1.

»Ich weiß nicht digga. Das beschäftigt mich schon die ganze Zeit. Ich war so verwirrt in dem Moment, wo sie das gemacht hat. Safe, sie dachte sich auch was Komisches oder so.«

»Warum bist du verwirrt? Sei doch froh. Das ist voll das gute Zeichen. Vertrau mir.«

Vielleicht haben die ja recht. Ich will halt nicht zu sicher bei der Sache werden und dann nicht mehr mir der gleichen Mühe dabei sein. Ich will bis zum Schluss mehr als 100 % geben und vielleicht mache ich mir auch aus diesem Grund zu viele Sorgen und bin schnell verwirrt. Aber eigentlich sollte ich es mir auch schon in nem gewissen Rahmen gönnen dürfen, auch mal positiver an die Sache rangehen zu dürfen, denn ich weiß ja, dass es gut läuft. Von daher sind viele meiner Sorgen wirklich überflüssig. Ich belohne mich einfach dann mal mit dem Zocken, weil es so gut läuft im Moment. Sollte ich aber eigentlich nicht, weil ich eigentlich lieber für Klausuren lernen sollte. Aber ich finde einfach keine Motivation dafür. Was soll ich machen, man???

Ne Nachricht habe ich auf einmal auf meinem Handy bekommen.

»Sorry, wegen heute! Ich hab deine Laune voll runtergezogen, das wollte ich nicht!«

»Man nein alles gut. Du hast ja gesagt, dass es nur ein Joke von dir aus und deswegen stört es mich nicht. Ich meine, danach war ich ja wieder ok, deswegen passt es doch.«

»Also der Joke war, dass es deine Schuld ist. Aber ich wollte dir auch nicht erzählen, was wirklich los ist, weil es einfach nervig ist, wenn ich ständig mit Problemen antanze, aber bin froh, dass du mir verzeihst.«

»Man, das nervt mich doch nicht. Außerdem war ich nie böse auf dich. Aber wenn du dennoch erzählen wollen würdest, höre ich gerne zu.«

»Es geht, aber ist egal.«

»Okay.« (Irgendwie nochmal extra beruhigend, mit ihr zu schreiben.)

»Was machst du so? Voll der Themenwechsel, haha.«

»Gerade nichts, langweile mich nur. Du?« (Will sie sich vielleicht etwa treffen? Ich erzähle mal lieber nicht, dass ich mit den Jungs spiele. Nicht, dass sie sagt wie, ja dann störe ich nicht oder so.)

»Bio lernen haha. In der Schule habe ich mit den beiden mehr gequatscht und hole deswegen n bisschen gerade nach.«

»Ah okay. Ich müsste auch mal langsam anfangen, aber ich kriege mich echt nicht dazu.«

»Also ich mache ja Lernzettel zu den einzelnen Themen und wenn du magst schicke ich sie dir und helfe dir auch sonst so.« (OHAA! Das kommt ja wie gerufen!)

»Echt? Aber nicht, dass du denkst, dass ich dich ausnutze oder so.«

»Hä nein. Ich supporte dich ja nur dadurch.«

»Du weißt nicht, wie sehr du mir den Arsch dadurch retten würdest.«

»Gerne doch.« (Direkt hat sie mir alle Lernzettel geschickt. Nicht nur für Bio, sondern auch für Geschichte. Ohne sie wäre ich echt verloren)

»Das sind alle. Ich hab jetzt auch kein Bock mehr zu lernen. Ich gehe n bisschen raus.« (Soll ich sie fragen, ob wir uns treffen wollen, wenn sie sowieso schon rausgeht?)

»Hättest du Lust dich vielleicht zu treffen?«

»Klaro!«

»Okay cool.«

Wir haben uns dann am Abend bei mir getroffen und sind jetzt gerade wieder in der Lohe und es fühlt sich wieder toll an. Ich möchte sie eigentlich wirklich fragen, was heute mit ihr los war. Nicht weil ich so neugierig bin, sondern weil ich mir erhoffe, dass ich ihr vielleicht durchs Gespräch etwas *helfen und aufmuntern kann.*

»Tut mir wirklich nochmal leid wegen heute. Es war eigentlich voll ein blöder Joke.«

»Wie gesagt, es ist alles gut. Aber sicher, dass es nichts Schlimmes war?«

»Na ja, es war halt, weil ich mich in letzter Zeit mit meiner Mum gestritten hab. Das kennt doch jeder. Das hat mich nur n bisschen fertiggemacht, aber sonst geht es mittlerweile wieder.«

»Ach ja. Streit mit den Eltern bockt gar nicht. Aber selbst darüber kommt man ja gut hinweg. Dir scheint es ja auch wieder etwas besser zu gehen.«

»Ja, das Gespräch heute mit Marwa und Tamo hat mir gutgetan. Besonders als ich umarmt wurde.«

»Ach komm, dann kriegst du auch nochmal ne Umarmung von mir!«

Und direkt habe ich sie kurz in den Armen genommen. Mir hat es ja so oder so gutgetan, aber ich glaube ihr auch, denn sie hatte wieder so ein großes bezauberndes Lächeln auf ihrem Gesicht.

»Weißt du, ich wollte mich bei dir für eine weitere Sache entschuldigen.«

»Wieso? Und für welche?«

»Ja, dass ich mich letzte Woche so an dich rangemacht habe. Nicht, dass es dir zu viel wurde und dir unangenehm war.« (Oh man wie süß sie ist. Sie macht sich aber so unnötige Sorgen.)

»Ach alles gut. Du hast nichts falsch gemacht. Ich meine, mir hat es ja gefallen.«

»Wirklich?«

»Ja! Sehr.«

»Okay gut.«

»Und wenn es so ist, dann mach ich mich einfach an dich ran. Dann müsste ich mich schlecht fühlen, wenn es dir unangenehm ist, haha.« (Und sofort umarmte ich sie genau wie letzte Woche.)

»Nein. Ich mag das auch.«

Und so sind wir wieder den restlichen Abend wieder zusammen rumgelaufen. Es ist einfach nur toll! Doch eine Sache ist gerade mies. Ich kann sie nicht mehr länger in den Armen nehmen, weil mein Arm richtig weh tut. Ich habe heute direkt nach der Schule n Workout zu Hause gemacht und jetzt bereue ich es. Aber ich will ihn eigentlich nicht runternehmen, weil ich es mag, mit ihr so rumzulaufen. Aber es tut so weh gerade.

»Weißt du was?«

»Was denn?«

»Dein Arm ist voll warm gerade. Das wärmt mich gerade richtig auf und so kann man immer voll gut rumlaufen, wenn einem kalt ist.« (Was ein guter Zeitpunkt, haha. Nein, ich halte das nicht mehr aus.)

»Das freut mich, aber es tut mir auch leid.«

»Wieso?«

»Ich wollte dich fragen, ob ich ihn runternehmen kann, weil ich ihn heute etwas trainiert habe und er jetzt richtig weh tut.«

»Man warum sagst du das nicht gleich? Ich fühle mich sonst noch schlecht.«

»Nein alles gut.«

»Okay.«

Leider ist es schon wieder etwas spät geworden und sie muss nach Hause.

»Das hat mir heute auch wieder echt viel Spaß gemacht.«

»Mir auch. Übrigens, kann ich dich was fragen?«

»Du darfst mich immer alles fragen.«

»Darf ich deine Haare anfassen? Ich fand deine Haare schon immer voll cool und so.« (Sowas habe ich noch nie gehört, aber wie süß sie das gefragt hat. Egal was sie macht, sie wirkt immer so süß auf mich.)

»Ja natürlich.«

Ich weiß nicht warum, aber sie ist so unglaublich süß und niedlich und ALLES! Wie glücklich sie aussieht, weil sie durch meine Haare fassen darf. Es war wieder einfach nur ein schöner Abend und es läuft einfach nur besser, als ich es mir hätte vorstellen können.

Und die, das Wochenende darauf war noch viel besser. Marwa hat mir eine Nachricht geschickt und diese Nachricht hat mich verrückt gemacht.

»Also ich hab auf dem Weg nach Hause mit ihr gesprochen und sie meinte, dass sie dich richtig süß findet und in letzter Zeit sehr viel Spaß mit dir hat. Sie meinte auch, dass sie gar kein Problem damit hat sich mit dir so oft zu treffen. Sie muss zwar halt für die Klausuren lernen, was du auch solltest, aber sie würde sich dennoch gerne mit dir treffen.«

Wie ein Kleinkind bin ich vor Freude durchgedreht und war absolut happy. Und da Marwa mir all das alles erzählt hat, habe ich auch die Chance genutzt. Wir haben am Wochenende wieder viel Zeit verbracht miteinander. Uns getroffen, telefoniert, geschrieben, es war alles dabei.

Und es fühlt sich mittlerweile richtig so an, als würden wir uns schon sehr lange sehr gut kennen. Es liegt einfach an der Vertrautheit, die sich in den letzten Wochen zwischen uns aufgelöst hat. Ich hoffe, dass sie genauso denkt, aber gehe schon davon aus. Ich meine so wie ich alles mitbekomme, scheint sie sich auch sehr wohl in meiner Nähe zu fühlen und wir verstehen uns bestens.

Heute ist es endlich so weit. Die Friseure haben endlich wieder nach Monaten geöffnet. Ich halte es echt nicht mehr aus mit meiner Frisur. Außerdem sind die gemachten Locken von mir ziemlich stark rausgewachsen. Zum Glück hab ich heute auch direkt ein Termin dafür bekommen.

Die Locken sind zum Glück wieder sehr gut geworden, finde ich. Jetzt nur noch die Seiten und dann perfekt.

»Wie möchtest du es an den Seiten haben?«

»Ehh also ich will einen Taperfade haben. Halt so einen niedrigen Übergang quasi.«

»Das verstehe ich nicht so ganz.« (Scheiße. Wie soll ich ihr jetzt einen Taperfade erklären?)

Ich erkläre es also noch einmal und zeige auch mit den Fingern, wo sie einen Übergang setzten soll. Sie meinte einfach nur, dass sie es einfach so und so macht. Kein Wort verstanden, aber mir war es unangenehm ständig zu sagen ne und so. Deswegen habe ich einfach ok gesagt. Ich sollte das später noch bereuen.

»Fertig. Und wie gefällt es dir?«

»Ja, das ist gut.« (N scheiß, ist das. Was hat sie gemacht man! Da hat Pelle immer tausendmal besser geschnitten. Wenigstens hat sie die Locken nicht verkackt, weil sonst wäre es das komplett gewesen.)

»Das macht dann 50 Euro bitte.«

»Bitte sehr.«

»Danke schön. Wenn du dann wieder mal die Seiten geschnitten brauchst, weil die müssen ja immer mal wieder geschnitten werden, kannst du ja auch gerne wieder kommen.«

»Mach ich dann auch.« (Vergiss es. Von dir lasse ich mir nie wieder die Seiten schneiden.)

Der Fail mit den Seiten hat mir gerade die Laune voll versaut. Man macht mich das gerade wütend. Die Jungs werden morgen ganz sicher in der Schule drüber lachen. Und was sie sich denken wird? Sie mochte meine Haare so sehr. Safe, das wird jetzt anders sein.

»Heyy! Wie ist es mit den Haaren geworden.« (Die Nachricht von ihr habe ich jetzt nicht erwartet. Oh man, sie wird

safe lachen, wenn sie meine Seiten sieht. Aber egal. Ihr kann ich es zeigen, denke ich.)

»Willst du später Facetimen? Dann kann ich sie dir zeigen.«

»Okay klar. Schreib mir, wenn du kannst dann.«

»Mach ich.«

Es ist abends und ich will sie gleich anrufen. Ich hab mich auch n bisschen beruhigt wegen meiner Seiten. Es macht ja auch keinen Sinn, ständig wegen derselben Sache rumzumeckern. Aber ich bin ziemlich gespannt, was sie jetzt zu meiner Frisur sagen wird.

»Hey, siehst du mich?«

»Jap ich sehe dich. Also bereit meine Haare zu sehen?«

»Ja ich bin mega gespannt. Schon die ganze Zeit.«

»Okay. Na dann. TADA! Hahah.«

»Die sehen voll gut aus.«

»Findest du wirklich? Weil ich finde, meine Seiten sind mies geworden. Die Friseurin hat nicht verstanden, wie ich die haben wollte.«

»Ich finde, das sieht nicht schlecht aus. Außerdem sind deine Locken dafür umso besser geworden. Ich muss wieder morgen früh durch deine Haare gehen, wenn wir uns sehen, haha.«

»Okay, das beruhigt mich sehr.«

Da ich noch n bisschen Zeit habe, bis das Essen bei uns fertig ist, kann ich ja noch ein wenig weiter telefonieren, solange mein Akku auch noch durchhält, denn das ist echt wenig im Moment. Es macht auch ziemlich viel Spaß. Doch dann:

»Ich hab mal ne Frage, die jetzt voll random kommt.«

»Okay hau raus.«

»Weißt du, wie es sich anfühlt, wenn man verliebt ist?« (Wait was? Das kommt wirklich n bisschen random, aber warum fragt sie mich das? Will sie auf etwas hinaus? Und was soll ich jetzt antworten?)

»Boah. Hmmm. Ich weiß es nicht. Also ich würde sagen, dass es für jeden anders ist. Manche haben »Schmetterlinge« im Bauch, manche müssen ständig an diese eine Person denken, manche vermissen häufiger diese Person, weißt du?

»Mhm.«

»Wo ich so drüber nachdenken muss, kann ich das gar nicht so genau sagen. Es ist ziemlich schwierig zu beantworten. Vielleicht bekommst du immer ein gutes Gefühl, wenn du mit dieser Person Zeit verbringst und hast Spaß und ne gute Zeit. Auch wenn sich das mega stumpf anhört, wenn man verliebt ist, merkt man das. So einfach ist das. Oder wie siehst du das?«

»Ich finde auch, dass es schwierig zu beantworten ist. Ich kann das sogar gar nicht beantworten. Hat mich nur so interessiert und deswegen dachte ich, ich frag mal dich.« (Sicher einfach nur so oder steckt da mehr hinter? Ach egal, macht nichts).

Jedenfalls reden wir weiter und weiter und es scheint echt kein Ende zu nehmen, was voll gut ist. Doch leider ist mein Vater wieder zu Hause und das Essen scheint fertig zu sein. Dazu ist mein Akku auch gleich alle und ich muss es dringend aufladen.

»Ich müsste leider gleich auflegen, weil mein Dad da ist und wir dann gleich alle essen und mein Akku ist gleich leer und nicht, dass mein Handy jetzt ausgeht haha.«

»Alles gut. Kein Problem.«

»Ich bin echt auf seine Reaktion gespannt, wegen meiner Locken. Safe, er denkt sich, dass ich wie n Penner aussehe.«

»Quatsch, du siehst gut aus und auch ziemlich süß.« (WAS HAT SIE DA GERADE GESAGT?)

»ECHT? Oh man danke. Das ist voll lieb von dir. Das hat auch niemand bisher zu mir gesagt.« (Das ist auch wirklich wahr.)

»Ja, aber ich bin mir sicher, dass zum Beispiel Marwa dich auch süß findet oder Tamo auch.«

»Keine Ahnung, aber gesagt hat es mir niemand bisher und du machst mir in letzter Zeit voll die Komplimente. Mein Aussehen, meine Stimme, meine Haare, alles.«

»Ja aber ich hab dich in letzter Zeit voll lieb gewonnen und da sage ich dann einfach, was ich denke.« (AHHHHH DIGGA! Scheiße, mein Handy geht gleich aus.)

»Oh man!!! Ich würde so gerne weiterreden, aber ich hab nur noch 1 % Akku. Wir sehen uns einfach morgen. Bis dann!«

»Okay, bis dann.«

Wie kann ein Mensch nur so süß, niedlich, lieb, hinreißend und noch mehr sein! Eyy sieh verdreht mir meinen Kopf so doll. Das ist nicht mehr zu glauben. Ich glaube ich brauche auch nicht mehr lange warten bis ich den nächsten Schritt wagen kann. Aber wir schauen mal, wie die Dinge sich entwickeln, denn ich will auf keinen Fall etwas überstürzen. Nach dieser langen Zeit, wo ich mich so durchgekämpft habe, wo ich so geduldig wie noch nie war, wo ich so sehr im positiven Entwickeln konnte, wo ich angefangen habe einen Menschen so sehr zu bewundern, wie ich es mir hätte nie vorstellen können, will ich es erst recht nicht verhauen. Denn nicht das Beginnen wird belohnt, sondern einzig und allein das Durchhalten.

Geschafft! Endlich. Nein, noch ist sie nicht meine Freundin geworden. Ich hab nur die Geschichtsklausur hinter mir. Keine Sorge, das andere wird mir hoffentlich auch gelingen. Ich muss mich aber heute jetzt auch um Bio kümmern. Morgen schreiben wir die Klausur nämlich und danach ist es vorbei mit den Klausuren. Dann wartet nur noch das Abi auf uns. Aber ich hab nicht so viel Zeit heute zum Lernen. Ich hab heute nämlich das erste Mal wieder nach langer Zeit Fußballtraining und ich freue mich schon sehr darauf. Ich hab richtig Bock wieder mal n bisschen zu trainieren, weil es so unglaublich viel Spaß macht. Aber wie soll ich das mit dem Lernen hinkriegen? Ich hätte jetzt Zeit, aber gerade bin ich einfach nur mega faul und scrolle entspannt durch TikTok rum. Vorbildlich für jemanden, der Abi schreibt, haha.

»Hey, wollen wir heute Abend telefonieren? Dann können wir auch ein bisschen Bio lernen, wenn du magst.« (Sie ist einfach immer meine Rettung in letzter Not, haha. Gerade ans Lernen gedacht und schon eilt sie mit einer Nachricht zur Hilfe.*)*

»Klar. Ich hab heute Training, aber danach könnte wir.«

»Ich weiß, deswegen auch abends. Ich muss dir auch unbedingt was erzählen.« (Okay?)

»Was denn?«

»Das kann ich dir nicht sagen. Ich weiß auch nicht, ob ich es dir erzähle. Vielleicht erst am Freitag oder so.«

»Warte, ich bin jetzt mega verwirrt.«

»Egal, vergiss einfach, was ich gesagt habe. Ich erzähle es dir auf jeden Fall.«

»Okay klar. Aber ich bin jetzt echt neugierig geworden, haha.«

»Es ist ein Geheimnis, so viel kann ich ja sagen.« (Geheimnis?)

»Von dir? Ja okay. Von wem denn sonst, haha.«

»Ja haha.«

»Ist es was Schlimmes?«

»Kann ich nicht sagen. Wirst du wohl herausfinden müssen.« (Ehm was?)

»Dann bin ich mal gespannt.«

»Gut so.«

Was könnte es sein? Hat es was mit mir zu tun? Mit uns? Ist sie in mich verliebt und hat sie deswegen letztens gefragt, wie es sich anfühlt, wenn man verliebt ist? Oder will sie sagen, dass sie meine Gefühle nicht erwidern kann, weil sie von meinen Gefühlen Bescheid weiß? Oh man. Wieso hat sie das so spannend gemacht? Jetzt denke ich schon den ganzen Tag. Selbst beim Training. Noch nie habe ich an etwas anderes mehr den Gedanken verloren als am Fußball während des Trainings. Ich war zwar noch genauso gut dabei, aber mein Kopf hat sich nur um sie und ihr Geheimnis gedreht. Schon den ganzen Tag nachdem wir geschrieben und die ganzen 1 1/2 Stunden beim Training.

Das Training ist jetzt vorbei und ich bin gerade zu Hause angekommen. Ich kann es kaum abwarten, mit ihr zu telefonieren und endlich Klarheit zu bekommen. Einen Blick auf mein Handy und ich sehe eine Nachricht von ihr.

»Vergiss mich nicht, haha.« (Als könnte ich das jemals!)

»Sorry bin gerade nach Hause gekommen, weil ich noch kurz bei Pelle war. Ich gehe schnell duschen und dann rufe ich dich an.«

So schnell habe ich noch nie geduscht. Ich hab es ja aber auch ziemlich eilig.

»Hey, wie geht's?«

»Gut und dir? Wie war das Training?«

»Das Training war echt cool. Haben ja nach langer Zeit wieder trainiert und hab deswegen noch n bisschen Muskelkater, aber es hat Spaß gemacht. Was hast du sonst so gemacht?«

»Nicht viel. Nur Hausaufgaben und n bisschen Bio.«

»Ah okay. Hast du viel Bio gemacht?« (Warum rede ich so viel drumherum? Ich will es jetzt endlich wissen!)

»Joa geht. Das Meiste wollte ich ja jetzt mit dir machen.«

»Yess ABER, bevor wir anfangen. Ich halte es nicht mehr aus. Ich bin schon den ganzen Tag neugierig.«

»Ja, das dachte ich mir, haha. Ich hab es ja auch so spannend gemacht.«

»Das weiß ich. Aber egal. Erzähl! Was ist dein Geheimnis?«

»Mein Geheimnis ist …«

Teil 9: Ein überforderter Lover

Den ganzen Tag habe ich darauf gewartet. Endlich haut sie es raus!

»Mein Geheimnis ist…« (Ja, komm schon. Sei nicht nervös. Hau es einfach raus. Ich sehe sehr, wie rot sie im Gesicht ist. Ist es ne peinliche Story? Oder n Geständnis? Oder was komplett anderes?)

»Ahh, lass erstmal Bio machen. Sonst kann ich mich nicht mehr darauf konzentrieren.« (WAS?! Man kommt schon. Ja aber egal. Solange sie es danach erzählt.)

»Okay, von mir aus.«

Oh man ich hab eigentlich gar kein Bock jetzt Bio zu machen. Vielleicht hat sie aber auch wirklich recht, denn wenn sie es mir erzählt hätte, dann hätte ich mich wirklich vielleicht gar nicht mehr auf das Lernen konzentrieren können. Auch jetzt gerade kann ich mich nicht konzentrieren. Ich sehe irgendwelche Bilder von Synapsen, Nervensystemen und was weiß ich und es bockt gerade überhaupt nicht. Aber zum Glück lerne ich mit ihr, weil immerhin kriege ich es irgendwie durch ihren Einfluss hin, halbwegs vernünftig zu lernen.

»Ich glaube, das reicht dann auch. Wir sind die Lernzettel durchgegangen und mehr können wir auch nicht mehr machen.«

»Ja, finde ich auch.« (Endlich! Jetzt muss sie es erzählen.)

»Fühlst du dich gut vorbereitet?« (Warum habe ich das Gefühl, dass sie vom Geheimnis die ganze Zeit abweichen will?)

»Joa, dafür, dass ich halt wirklich nicht so vernünftig gelernt habe schon. Ich konnte aber deine Lernzettel gut durchgehen, weil die sind sehr gut finde ich. Und du?«

»Ja schon, aber ich bin schon n bisschen nervös, aber danach ist es das mit den Klausuren gewesen.«

»Ja das stimmt. Aber das ist jetzt alles egal. Komm. Jetzt habe ich lange genug gewartet und ich halte das nicht mehr aus. Was ist jetzt dein Geheimnis?«

»Ah ja. Da war ja was.«

»Oh ja!«

»Kann ich es dir vielleicht doch morgen erzählen?« (Will sie mich verarschen?)

»Dein Ernst? Wieso? Du hast es jetzt so spannend gemacht und jetzt soll ich noch bis morgen warten?«

»Ja, das Ding ist, ich könnte es dir jetzt schon sagen, aber ...«

»Aber?«

»Mein Vater ist zum Beispiel noch wach und ich will nicht, dass er das hört und viel wichtiger ist noch, dass ich dein Gesicht dabei sehen will, wenn ich es dir erzähle.« (Was ist diese Sache, dass sie mein Gesicht dabei sehen will?)

»Hä wir facetimen doch gerade. Ich sehe dich und du siehst mich. Oder meinst du persönlich?«

»Ja persönlich.«

»Ach man. Na schön. Es ist dein Geheimnis und dann entscheidest du, wann ich es zu hören bekomme. Sorry, aber ich bin gerade halt nur mega neugierig. Nicht, dass du denkst,

dass ich jetzt pissed auf dich bin oder so haha. Ich wollte es jetzt nur unbedingt wissen.«

»Ach alles gut. Ich weiß das ja. Ich hab es ja auch nur unnötig mega spannend gemacht.«

»Aber dann erzählst du es mir morgen bitte sofort, okay? Weil sonst drehe ich noch komplett durch, haha.«

»Hahahaha. Ja okay von mir aus.«

»Perfekt.«

»Ich muss dann jetzt auch schlafen gehen. Wir sehen uns dann morgen. Gute Nacht und schlaf schön.«

»Danke, du auch.«

Der nächste Morgen. Wie gewohnt stehe ich am Kreisel und warte auf sie, damit wir zusammen zur Schule gehen können und ich bin sooo müde. Die ganze Nacht habe ich an das Geheimnis von ihr gedacht. Ich habe mich ständig gefragt, ob es auch was mit mir zu tun hat. Ich meine, sie scheint es mir ja unbedingt erzählen zu wollen und es ist vielleicht etwas offensichtlich, wenn man sich mal anguckt, was so in den letzten Tagen so zwischen uns passiert ist. Ich muss aber auch zugeben, dass da ein bisschen Hoffnung auch dabei ist. Ich weiß es ehrlich gesagt nicht. Ich glaube sogar eher nicht, dass es darauf hinauslaufen wird. Aber was ist es denn sonst? Das frage ich mich schon die ganze Zeit. Gestern Nacht im Bett, heute Morgen, als ich aufgewacht bin, beim Frühstück, als ich Zähne geputzt habe, selbst als ich ein letztes Mal noch Bio durchgegangen bin, kurz bevor ich losgegangen bin, nur an diese eine Sache kann ich denken.

Oh, da kommt sie auch schon. Sie scheint ziemlich gut gelaunt zu sein. Zumindest entnehme ich das ihrem Lächeln so. Aber sie scheint auch ein wenig schneller zu gehen als sonst. Als hätte sie es ein wenig eilig. Für die Schule beeilt sie sich bestimmt nicht, weil wir noch halbe Stunde haben und bis zur Schule 5 min brauchen. Vielleicht will sie auch schnell erzählen, was ihr Geheimnis ist, weil sie das auch so langsam nicht mehr aushält. Aber auch unabhängig davon, ich will es unbedingt wissen! Jetzt sofort, denn ich habe lang genug gewartet, haha.

»Hey.«

»Hey, wie geht's dir?«

»Gut und dir?«

»Auch gut nur ziemlich müde haha.«

»Oh man.«

»Egal. Also komm, jetzt erzähl es. Ich hab die ganze Zeit drauf gewartet.«

»Ja okay. Aber vorher muss ich dich eine Sache noch fragen.«

»Okay schieß los.«

»Bist du in jemanden verliebt?« (Was hat sie da gerade gefragt? Ich weiß nicht, was ich darauf sagen soll. Mir ist ja schon klar, dass sie vielleicht davon Bescheid weiß, aber dass sie mich das jetzt so aus dem Nichts fragt, hat mich gerade voll aus dem Konzept gebracht. Ich weiß nicht mal mehr, was ich darauf sagen soll. Ich bin sprachlos, verwirrt und dazu auch noch komplett müde. Was soll ich jetzt tun.)

Ich nicke einfach mein Kopf. Ich weiß nicht, was ich dazu sagen soll, aber dadurch bekommt sie ja ein Ja als Antwort auf ihre Frage.

»Gut okay, denn ich glaube, ich bin in dich verliebt!«

Alles in meinem Kopf ist stehengeblieben. Als wäre mein Gehirn ein Computer, der gerade abgestürzt ist. Der einen

Error nach dem anderen bekommt. Aber nicht nur das. Die Zeit ist für mich wirklich stehengeblieben. Das gleiche Gefühl, das ich hatte, als ich mich in sie verliebt habe. Alles um uns herum verschwindet. Ein weißer Raum. Das ist das, was meine Augen sehen. Nur wir beide sind wieder in diesem Raum. Dieses Mal steht sie mir nur gegenüber und ich schaue ihr nicht von weitem zu. Ihre Augen gucken dieses Mal auch meine an und wir haben einen wunderschönen Augenkontakt. Nichts ist zu hören. Pure Stille. Normalerweise etwas beängstigend, aber in diesem Moment genau das Richtige. Ich kann nichts hören. Keine fahrenden Autos, Menschen, die an uns vorbeigehen, zwitschernde Vögel, den Wind, gar nichts. Mein kompletter Fokus liegt auf sie.

Aber zurück zur Sache. Ich traue meinen Ohren wirklich nicht. SIE IST IN MICH VERLIEBT?!?!?! OH MEIN GOTT!

»Du machst keinen Witz, oder?«

»Nein, bei solchen Sachen mache ich nie Witze.«

Ich bin einfach nur sprachlos. Ich weiß einfach nicht, was ich sagen soll. Ich bin gar nicht so richtig gedanklich darauf vorbereitet gewesen. Ich bin aber auch eigentlich voll verwirrt. Ich hätte auch niemals gedacht, dass sie den ersten Schritt wagen wird. Ich dachte immer, dass ich das tun muss. Ich beschwere mich jetzt nicht darüber und bin irgendwie auch n bisschen froh darüber, aber das ist nicht die Sache, die mich beschäftigt. Mich beschäftigt mehr die Frage, was ich jetzt als Nächstes tun sollte?

Ich sitze nach n paar Stunden in Bio. Die Klausur habe ich zum Glück jetzt hinter mir. Ich komme allerdings immer noch nicht auf diese Sache klar. Wir haben auf dem Weg zur

Schule noch darüber gesprochen, aber ich hab nur komische Scheiße gelabert. Ich weiß nicht, was gerade mit mir los ist. Ich bin verwirrt, durcheinander, aber auch müde. Doch je wacher ich werde, desto mehr und mehr denke ich daran. Ich muss Pelle schreiben.

»Bre.«

»Ja?«

»Sie hat mir erzählt, dass sie in mich verliebt ist!«

Direkt ruft er mich an. Ich kann aber nicht rangehen, weil ich noch in der Klausur sitze.

»BRUDER WAS?«

»Ey ich weiß nicht, was mit mir gerade los ist. Ich bin glaube ich viel zu müde, um mich freuen zu können.«

»HÄ? Du bist so dumm. Digga, das ist der Jackpot! Du hast es fast geschafft!«

Er hat doch recht. Was mache ich hier eigentlich. Ich muss gleich in der Pause mit Tamo und Marwa reden.

»Tamo ich muss unbedingt mit dir und Marwa reden.«

»Wieso?«

»Ich erzähle es gleich, wenn Marwa kommt.«

»Erzähl mir mal jetzt.«

»Sie hat mir gesagt, dass sie in mich verliebt ist!«

»NEIN?«

»Doch!«

»OMG. OMG, du hast es geschafft!«

Wir hüpfen wie Kleinkinder hin und her. Man, sie haben alle recht. Ich habe es wirklich fast geschafft. Ich merke gerade sehr, wie wach ich jetzt bin. Und das lässt mich umso mehr meine Freude zeigen. Ich explodiere gefühlt vor Freude.

»Was ist hier los?« (Marwa ist auch endlich gekommen.)

»Sie hat mir erzählt, dass sie in mich verliebt ist MARWA!«

»Ja ich weiß das.« (Wie sie weißt das?)

»HÄ? Woher?«

»Sie hat mir und Tamo das schon länger erzählt, aber damals war sie sich noch unsicher.«

»Was laberst du? Wann hat sie uns das gesagt?«

»Als wir zusammen gelernt haben.«

»Hä nein!«

»Doch! Du warst ständig am Handy und hast mit Rohan telefoniert!«

»Ja, das kann sein.«

»Aber warte mal, wieso hat sie dir das gesagt? Sie hat das vorher mit mir nicht besprochen. Da muss ich sie mal zur Rede stellen, haha.«

Die stehen gerade draußen und reden drüber. Ich höre zwar nicht, was genau die alle sagen, aber ein Lachen, Freudenschreie und noch mehr kann ich hören. Die sind aber auch nicht zu überhören. Währenddessen rede ich mit Lasse drüber und er hat auch nur das Gleiche zu sagen. Und auch er scheint sich sehr für mich zu freuen.

Die letzte Stunde fällt irgendwie spontan aus. Der Tag wird immer besser und besser. Klausur durch, keine Hausaufgaben, früher Schluss gehabt und von der besten Sache muss ich gar nicht mehr extra sprechen. Ich sitze nun zu Hause und bin nur in meinen Gedanken unterwegs. Ich kann es nicht glauben, was da heute passiert ist. SIE IST EINFACH AUCH IN MICH VERLIEBT! Ich bin gerade mega happy. Ich hüpfe die ganze Zeit nur hin und her und bin so hyperaktiv im Moment. Aber das ist alles Teil meiner Freude und wie ich sie rauslasse. Ich bin aber auch am Überlegen, ob ich sie nicht von der Schule abholen sollte. Ich hab irgendwie voll das Bedürfnis, mit ihr zu reden. Es gibt ja einiges, worüber man reden könnte. Aber sie ist ja am Lernen mit den Anderen. Vielleicht störe ich dann einfach, nur wenn ich jetzt so schreibe, dass ich sie abholen will.

N paar Stunden sind vergangen und ich denke nur an sie. NUR! Ich kann nicht aufhören. Ständig habe ich dieses Grinsen in meinem Gesicht. Ich bin so mega glücklich wir noch nie.

Plötzlich ruft Tamo mich an. Ist sie nicht am Lernen mit Marwa und ihr?

»Hey. Hey.« (Marwa ist auch am Hörer.)

»Hey was gibt's.?«

»Warte Tamo, lass mich das sagen. Was machst du gerade?«

»Nichts. Wieso?«

»Willst du vielleicht deine bevorstehende Freundin abholen? Wir haben mit ihr auch gesprochen und sie meinte irgendwie, dass sie es nicht schlimm findet, aber es n bisschen schade findet, dass du vor ihr nicht so reagiert hast, wie zum Beispiel vor Tamo.« (Fuck nein man.)

»Scheiße. Ich hab ihr verursacht zu erklären, weswegen das alles so war.«

»Ja hat sie erzählt und sie versteht das auch. Trotzdem hol sie mal lieber jetzt von der Schule ab und rede dann n bisschen mit ihr. Sie weiß nicht, dass wir mit dir telefonieren, weil sie gerade auf Klo ist. Beeil dich also am besten, weil sie gleich loswollte.«

»Okay ja. Ich hatte überlegt, sie abzuholen. Ich mache mich dann mal schnell auf den Weg. Danke euch.«

Ich ziehe meine Sachen an, nehme meinen Schlüssel und sprinte durch, damit ich sie noch rechtzeitig erwische. Ich rufe sie gerade auch an und hab ihr auch geschrieben, aber erreichen kann ich sie gerade nicht. Ich hoffe, sie ist nicht weg.

Da ist sie. Zum Glück habe ich sie rechtzeitig erwischt. Und sie scheint sich auch voll zu freuen, mich zu sehen.

»Hey, was machst du denn hier?«

»Ich wusste nicht, ob ich dich noch hier erwische, aber ich wollte dich abholen und dann dich nach Hause bringen. Können dann ja auch nebenbei n bisschen reden.«

»Haben Tamo und Marwa dir das gesagt, haha?« (Hä? Wie ist sie drauf gekommen?)

»Nene, ich wollte dich abholen und hab dich zum Glück im richtigen Moment erwischt.«

»Sicher? Woher wusstest du dann, dass ich jetzt losgehe?« (Scheiße. Egal, sie hat mich.)

»Ja okay gut hast recht. Aber ich hatte auch selbst überlegt, dich abzuholen, aber war mir nicht so sicher.«

»Also hast du mich angelogen? Ohaa.«

»Nein nein, das wollte ich nicht. Ich wollte nur …«

»Hahaha. Alles gut, ich mache nur Spaß.«

»Puh okay gut haha. Tut mir leid, wenn ich dich das wieder frage, aber das ist wirklich kein Scherz von dir gewesen, oder? Ich weiß, du machst bei solchen Sachen keine Witze, aber ich kann es einfach nicht glauben. So etwas hat noch nie jemand so direkt zu mir gesagt.«

»Hahaha nein alles gut. Wie gesagt, ist das kein Joke. Ich bin mir halt immer noch nicht zu 100 % sicher, aber ich glaube schon.«

»Oh man tut mir echt leid, falls ich gerade so hyperaktiv bin, aber ich kann es gerade echt nicht fassen. Je länger ich drüber nachdenke, desto mehr freut es mich und desto glücklicher werde ich, weißt du?«

»Ach alles gut. Ich finde es süß und witzig.« (PERFEKT!)

Ich will sie eigentlich fragen, wie das jetzt ist, also ob wir jetzt zusammen sind oder nicht. Also im Moment ja noch nicht, aber ich bin auch n bisschen durcheinander. Ich glaube, ich lasse ihr da aber noch Zeit, denn das alles wird sich mit der Zeit ergeben. OH STIMMT! Ich habe ja auch noch den Brief. Soll ich ihr den heute geben? Mal schauen. Ich überlege es mir, aber ich darf auch jetzt nichts überstürzen. Ich hab's fast geschafft und deswegen will ich jetzt erst recht nichts vergeigen.

»Aber wie ist es dazu gekommen, dass du dich in mich verliebt hast?«

»Naja anfangs warst du gar nicht mein Typ und so ein Interesse wie jetzt hatte ich an dir überhaupt nicht. Dann haben wir immer mehr Kontakt gehabt und uns besser verstanden und ich wollte diese Freundschaft aufbauen. Ich habe dich dann auch kurz als meinen besten Freund gesehen.« (Oh shit. Da habe ich wohl n kurzen Drift durch die Friendzone gemacht.)

»Aber mit der Zeit, vor allem in den letzten Wochen, haben sich eventuell gewisse andere Gefühle bei mir entwickelt. Ab da wo ich erfahren habe von Marwa und Tamo, dass du Gefühle für mich hast, was ich heute jetzt aber auch zu

100 % glaube.« (Warte mal. Sie wusste all die ganze Zeit nicht, dass ich auf sie stehe?)

»Du wusstest also nicht, dass ich in Dich verliebt bin?«

»Nein. Ich habe es nie gemerkt und Marwa und Tamo habe ich es anfangs auch nicht geglaubt, aber von Zeit zu Zeit wurde es mir etwas klarer und heute habe ich komplette Sicherheit bei der Sache.« (Ohaa. Und ich dachte immer, dass es mega offensichtlich ist.)

»Wie ist es bei dir dazu gekommen, dass du dich in mich verliebt hast?«

»Oh das ist ne lange Geschichte. Aber ich erzähle es dir. Nicht jetzt, aber bald. Ich kann halt nur sagen, dass ich dich einmal im Unterricht zufällig angeschaut habe und dann war ich so weg. Du hattest mich echt krank verzaubert. Das war heftig. Aber ich hatte schon vorher mehrere Crushes auf dich gehabt. Aber ich erzähle mal lieber nicht zu viel.« (Dafür ist der Brief da.)

»Echt? Ohh, das wusste ich gar nicht. Bin gespannt. Weißt du was?«

»Was denn?«

»Gestern Abend, als wir telefoniert haben, fand ich sahst du so süß aus. Ich hatte voll das Bedürfnis, dich zu umarmen.«

»Ach komm her!«

Direkt nehme ich sie in meine Arme. Alles um mich herum fühlt sich in diesem Moment so unfassbar schön an. Es ist am Regnen, doch ich hab das Gefühl, dass die Sonne direkt auf uns scheint. Der Himmel ist von grauen Wolken bedeckt, doch ich hab das Gefühl, dass wir einen klaren blauen Himmel haben. Es ist sehr windig, doch in diesem Moment fühlt es sich einfach nur, wie eine sanfte angenehme Brise an. Einfach nur magisch. Als wäre alles Negative aus dieser Welt vertrieben worden. Als wären meine Sorgen mit einem Schnips verschwunden. Ich bin einfach nur sprachlos. Es ist so ein wundervoller Moment. Mein Herz ist so sehr überwältigend, dass es alles nicht in Worte fassen kann. Aber das braucht es auch nicht. Das Gefühl sagt mehr aus, als ein *ganzes Buch es in diesen Augenblick könnte.*

»Pass auf, ich kriege wegen meines Schals keine Luft mehr, hahaha.«

»Oh ups. Sry haha.«

»Ich muss jetzt nach Hause, weil ich Klavierunterricht habe. Telefonieren wir später?

»Sehr gerne.«

»Okay dann komm gut nach Hause und schreib mir, wenn du da bist. Bis dann.«

»Bis dann.«

Auch zum Abschied umarmen wir uns wieder etwas länger. Ein tolles Gefühl. Es ist wirklich ein guter Tag.

Der restliche Tag war auch gut, doch leider auch etwas komisch. Es ist nichts passiert oder vorgefallen oder sonstiges. Ich hab nur das Gefühl, dass ich im Verlauf des Tages ziemlich komisch war. Anders als sonst. Ich weiß nicht genau, woran das liegt. Wahrscheinlich einfach, weil ich n bisschen mit der Situation überfordert gewesen bin. Ich bin es ja jetzt immer noch. Ich wusste wahrscheinlich nicht so ganz, wie ich damit umgehen soll. Aber ich glaube, es wird schon, mit etwas Zeit werden. Ich hoffe, dass ihr das nicht aufgefallen ist und wenn doch, dann tut es mir auch ziemlich leid. Ich glaube aber auch, dass sie es mir nicht übelnehmen wird. Und weil ich es wieder gutmachen möchte, dachte ich mir, dass ich sie morgen überrasche und von zu Hause abhole, damit wir zusammen zur Schule gehen. Ich darf es nur nicht verplanen, früher loszugehen, weil ich das sonst nicht rechtzeitig schaffe. Deswegen sollte ich dann auch jetzt pennen gehen. Es ist schon spät und vielleicht sollte ich morgen früher aufstehen, damit ich früher losgehen kann. Gute Idee.

Gute Idee war es, aber wie soll ich früher aufstehen, wenn ich meinen Wecker nicht ändere? Scheiße, jetzt ist es gleich schon viertel nach 7 und eigentlich müsste ich jetzt los. Ich habe ganz schnell Zähne geputzt, meine Sachen angezogen und bin sofort losgegangen. Für Frühstück war keine Zeit mehr übrig, aber ich kann am Morgen sowieso nicht viel essen und trinken. Mir wird dann immer schlecht. Deswegen esse ich einfach später was in der Schule. Auf dem Weg schreibe ich ihr gerade und versuche heimlich herauszufinden, ob sie schon losgegangen ist. Ich bin nämlich genau in diesem Moment angekommen und sie meint, dass sie erst jetzt losgeht. Perfektes Timing würde ich mal sagen, haha.

»Heyy!« (Da ist sie auch schon)

»Hey. Was machst du denn hier?«

»Ich hab dich halt nur ausgefragt, weil ich dachte, dass ich es nicht ganz rechtzeitig schaffe. Aber rechtzeitig, um dich von zu Hause abzuholen.«

»Du bist so hinterlistig, hahaha.«

»Tja haha.«

Direkt gehen wir los. Sie scheint aber irgendwas sagen zu wollen. Zumindest habe ich das Gefühl. Und sie hat so ein breites Lächeln auf ihrem Gesicht.

»Willst du was sagen?«

»Woher weißt du das?«

»Keine Ahnung, hab irgendwie das Gefühl haha.«

»Ja also … ich weiß nicht, aber ich finde das voll süß, dass du extra den Umweg gemacht hast, um mich abzuholen.« (Dieses Mädchen ist so süß, das ist unglaublich.)

»Das habe ich gerne gemacht. Ich wollte dich überraschen und dir ne Freude bereiten.«

Anscheinend war es ne gute Idee, sie von zu Hause abzuholen. Tja ich weiß wohl eben mittlerweile, wie ich sie glücklich machen kann.

Der Schultag war jetzt heute nicht besonders spektakulär. Ich musste mit Lasse eine Präsentation halten in Englisch. Es ging darum, wie man das Problem der Überbevölkerung lösen kann. Tja und anscheinend war niemand mit unserer Idee einverstanden. Um ehrlich zu sein, wäre ich das auch nicht. Unsere Idee beinhaltete Sachen wie, dass man nur ne bestimmte Anzahl an Kinder haben darf und solche Sachen. Also ziemlich radikal. Aber was sollten wir machen? Es gab keine bessere Lösung, die uns einfiel. Außerdem war das n sehr schwieriger Auftrag. Wir sollten wirklich gefühlt Thanos spielen. Ich würde das am liebsten direkt vergessen wollen. Außer die Stelle am Ende, wo Lasse sich richtig mit unserer Lehrerin ausdiskutiert hat, haha. Das war unterhaltsam. Na ja und im groben gab es auch nicht viel mehr, was passiert ist. Es ist sowieso Freitag und da stellt sich eh jeder aufs Wochenende ein und ich tue das auch. Vor allem habe ich ziemlich Lust, mit ihr was zu unternehmen. Habe ich ja immer eigentlich. Doch eine Sache beschäftigt mich. Auf dem Weg nach Hause schien sie sehr neben der Spur zu sein. Ich wollte sie nicht ständig fragen, weil auch Tamo und Marwa da waren und nicht, dass ich sie bedrängt hätte, aber dennoch mache ich mir ein bisschen Sorgen um sie. Ich glaube, ich schreib ihr mal und frag vielleicht einmal nach.

»Hey, sicher das vorhin alles in Ordnung war?«

»Ja alles gut. Ich war nur etwas neben der Spur, aber nichts worüber man sich Sorgen machen sollte.«

»Okay dann gut. Was machst du heute noch so?«

»Ich hab nichts vor und du?«

»Auch nicht. Treffen wir uns dann später?«

»Aber es soll heute sehr soll regnen und so.«

»Dann können wir auch telefonieren, wenn du willst.«

»Aber das ist nicht das Gleiche :(.«

»Ach man. Na dann lass einfach gucken, wie du dann Lust hast und wenn du dann kein Problem mit dem Regen hast, treffen wir uns dann einfach ja?«

»Okay. Du.«

»Ja?«

»Ich hab dich lieb.«

»Ich hab dich auch sehr doll lieb. Ich muss jetzt leider weg, aber wir schreiben dann, ja?«

»Mhm. Bis dann.«

»Bis dann.«

Die Zeit bis zum Abend habe ich genutzt, um nachzudenken. Nachzudenken wegen des Briefes. Ich bin mir nämlich mittlerweile sicher, dass es der richtige Zeitpunkt ist, um ihr den Brief zu geben. Knapp 6 Monate bin ich schon am Kämpfen und jetzt sieht es sehr stark danach aus, als stehe ich kurz vor dem Erfolg. Ich glaube, wenn ich ihr den Brief gebe und auf diesem Weg meine Gefühle gestehe, dass es dann eine gute Möglichkeit ist, so den Schritt in Richtung Beziehung zu wagen. Ich war mir zuerst gar nicht so sicher. Ich dachte mir nämlich Sachen wie: »Was ist, wenn es doch noch zu früh ist?« oder »Was ist, wenn ich es dadurch überstürze?« Da haben mir die anderen zum Glück sehr gut geholfen. Besonders der eine Rat von Rohan. *»Guck mal, irgendwann wirst du ihr den Brieg geben müssen. Das kannst du morgen tun oder wann anders, aber irgendwann muss es geschehen. Und du musst dir dabei bewusst sein, dass es nie den richtigen Zeitpunkt dafür geben wird. Du wirst den Zeitpunkt zum richtigen Zeitpunkt machen müssen!«* Er hat recht. Und die anderen haben auch gesagt, dass es so weit sei. Ich hab mich auch extra nochmal mit Pelle getroffen und wir haben drüber geredet. Doch auch von ihm bekam ich den gleichen Rat. Und wenn alle mir das auch so sagen, dann wir da schon was dran sein. Zumindest habe ich mich entschieden. Wenn wir uns heute Abend noch treffen, dann werde ich ihr am Ende den Brief geben und den finalen Schritt einleiten! Ich habe lang genug gewartet und ich finde, ich habe es nicht noch länger nötig, denn ich stehe quasi vor der Ziellinie und muss einfach nur noch die letzten Schritte wagen, um das Ziel zu erreichen!

»Hey, wollen wir uns 19 Uhr treffen? Es scheint nicht zu regnen.«

»Ja können wir, aber es wird bei mir länger dauern, weil das Essen erst, um 19 Uhr fertig ist. Aber ich esse schnell und dann kann ich. Aber werde nur 10/15 Minuten länger brauchen.«

»Okidoki, wollen wir uns dann unter der Bushaltestelle bei der Fahrschule treffen? Weil es regnet doch.«

»Ja okay, machen wir so.«

Heute ist es so weit. Ich werde ihr meine Gefühle endlich nach all dieser langen Zeit offenbaren und so wie es aussieht, werden wir auch zusammenkommen. Ich bin so glücklich. Jeder andere wäre an meiner Stelle genauso glücklich. Dieses Gefühl oder diese Vorfreude sind einfach nur unbeschreiblich.

Das Wetter ist wirklich mies. Es ist wirklich richtig doll am Regnen und dazu auch noch sehr stürmisch und windig. Ich muss extra den Brief unter meinem Pulli, nein sogar unter meinem T-Shirt reinpacken, damit er nicht nass wird, aber auch damit sie den nicht sieht. Es soll eine Überraschung fürs Ende sein. Und da ist sie auch. Ich gehe einfach zu ihr hin und drücke sie ganz doll.

»Ihh du bist ganz nass haha.«

»Das ist mir gerade so egal.«

Ist es wirklich. Nichts hält mich davon ab, sie zu umarmen. Aber ich will jetzt auch nicht, dass sie komplett nass wird. Wir gehen erstmal woanders hin, damit wir n Ort zum drunter stehen haben. Der Skaterpark bei uns eignet sich sehr dafür. Deswegen gehen wir auch dahin. Im Moment quetschen wir uns gerade zu zweit unter ihrem Regenschirm. N bisschen können wir uns gerade also vor dem Regen schützen, aber bei diesem Wetter bringt das leider im Moment nicht viel.

Zum Glück sind wir jetzt aber da. Meine Jacke ist so nass, dass ich sie einfach auf dem Boden hingelegt habe, damit sie n bisschen trockener wird. Aber der Rest ist mir egal. Ich will sie einfach nur umarmen. Ich hab es voll nötig. Deswegen zögere ich nicht ein bisschen und nehme sie auch in den Armen und sie umarmt mich auch. Es ist einfach nur magisch. Ihre Umarmungen fühlen sich richtig toll an. Als würde jemand meine Seele beruhigen und alles Negative aus mir rausquetschen. Aber umarmen ist nicht alles, was wir tun. Zwischendurch tanzen wir auch zusammen. Na ja wir versuchen es eher. Aber das ist nicht schlimm. Man muss nicht gut tanzen können, um einen gemeinsamen Tanz genießen zu können. Genau das ist auch der Fall bei uns. Denn wir genießen zumindest auch das Versuchen.

»Ist dir kalt?« (Woher merkt sie das? Wahrscheinlich, weil ich etwas am Zittern bin.)

»Ja schon haha.«

»Komm mal her.«

Sie nimmt ihren Schal und bindet ihn um meinen Hals herum. Sie ist so fürsorglich und kümmert sich voll, um mich. Ihr Schal ist auch echt angenehm und warm. Ich merke direkt, wie er wirkt. Aber auch die Umarmung von ihr wirkt sehr beim Wärmen.

»Ich glaube ich müsste n bisschen mehr wiegen, damit ich so ne Fettschicht hätte, die mich wärmt haha.«

»Vielleicht haha.«

»Findest du es eigentlich okay, dass ich so dünn bin?«

»Ja natürlich. So dünn bist du jetzt auch nicht.«

»Okay gut. Und wenn ich fett wäre?«

»Nö auch nicht. Dann hätte ich sogar noch mehr zum Anfassen, hahaha.«

»Hahaha«

Nach einer Weile ist der Regen endlich weg. Und wir machen uns auch wieder auf dem Weg.

»Deine Hände frieren, oder?« (Habe ich gemerkt, weil sie sehr am Zittern sind.)

»Ja schon.«

»Soll ich sie aufwärmen?«

»Naja deine Hände sind auch kalt, deswegen bringt das ja nichts.«

»Hmm stimmt. Ahh. Dann pack sie in meine Jackentasche. Die wird helfen.«

»Okay, aber hier.« (Sie streckt ihre Hand aus. Was will sie denn?)

»Was ist damit?«

»Gib mir deine Hand.«

»Okay.«

Sie nimmt meine Hand und packt beide Hände in meine Tasche rein.

»Jetzt werden beide Hände aufgewärmt hihi.«

Sie ist so süß. Ich kann mich nur ständig wiederholen, aber es ist doch so. Wie sehr sie sich auch um mich kümmert. Auf mich achtet. Und jetzt ist es so, als würden wir Händchen halten. Wie ein richtiges Paar.

»Darf ich dich was fragen?«

»Ja.«

»Findest du, dass ich komisch geworden bin, seit gestern?« (Das hat mich im Hintergrund immer interessiert und etwas beschäftigt. Ich dachte mir, dass ich es vielleicht mal fragen sollte.)

»N bisschen. Aber jetzt im Moment nicht. Jetzt bist du voll normal und wir haben ja auch ganz viel Spaß.«

»Okay gut. Ich war halt etwas überfordert mit der Situation und war deshalb vielleicht komisch. Tut mir leid dafür.«

»Alles gut. Ich verstehe das ja.«

Jetzt scheinen zum Teil auch die Sterne im Himmel. Und wir laufen rum, hören Musik zusammen, singen zusammen und genießen unser Leben. Es ist egal, wie lächerlich, cringe oder peinlich uns vielleicht andere in diesem Moment sehen mögen. Ist sie glücklich und ich auch, dann ist alles gut. Das ist das Einzige, was für mich zählt. Sie glücklich zu sehen und glücklich zu machen. Ich hoffe der Brief wird sie auch so glücklich machen. Der Brief. Wo ist der Brief? Ich hatte ihn doch noch gerade unter meinem T-Shirt, aber ich spüre ihn nicht mehr. Scheiße!

»Warte bleib mal stehen.«

»Alles okay?«

»Nein. Ich hab was Wichtiges verloren.«

»Was denn?«

»Kann ich dir noch nicht sagen. Es ist so n Umschlag und den hatte ich unter meinem T-Shirt.«

»Wieso unter deinem T-Shirt?«

»Na ja, es ist etwas für dich gewesen und ich wollte dich überraschen. Keine Sorge, ich werde dir das nochmal machen, wenn ich es nicht finde.«

»Lass den Weg zurückgehen. Vielleicht liegt er noch irgendwo da.«

»Ja okay, gute Idee.«

Und zum Glück hat sie auch recht. Wir haben ihn auf dem Weg gefunden. Ich bin so erleichtert. Die ganze Mühe hätte ich mir fast nochmal machen müssen, hahaha.

»Was ist das eigentlich?«

»Das ist etwas, was ich für dich gemacht habe.«

»Ja, das weiß ich, aber was genau?«

»Tja, dafür musst du dir das gleich zu Hause in Ruhe anschauen. Ist ne Überraschung. Ich hoffe, dass es dir gefallen wird.«

»Okay dann bin ich mal gespannt. Komm du dann auch noch gut nach Hause und schreib mir, ja?«

»Mach ich.«

»Hab dich lieb!«

»Ich dich auch!«

Es ist getan. Es fühlt sich so an, als wäre mir eine riesige Last genommen worden. All meine Gefühle und Gedanken von allem wird wie jetzt Bescheid wissen. Dann muss sie jetzt auch akzeptieren, dass ich vielleicht mehr Gefühle für sie habe, als sie für mich, haha. Darüber haben wir uns gestern auch etwas ausdiskutiert, als wir telefonieren haben. Ach man. Ich habe dieses Mädchen echt gern. Und ich bin froh, dass ich endlich nach all dieser Zeit jetzt fasst, geschafft habe ihr, auch wenn ich es im Moment nicht bin und sehr verwirrt und überfordert war, Lover zu sein. Ihr überforderter Lover.

Teil 10: Ein gebrochener Typ

Man, das war ja richtig nervig durch den Regen nach Hause zu laufen. Das Wetter ist auch echt scheiße. Mal regnet es, mal nicht und es ist n ständiges hin und her. Meine Schuhe sind auch komplett nass und dadurch auch meine Socken. Ich glaube, ich gehe am besten sofort duschen. Aber vorher schreibe ich ihr einmal, dass ich angekommen bin. Vielleicht hat sie sich auch den Brief schon angeguckt, aber das bezweifle ich, weil es braucht schon n bisschen, um so etwas zu lesen und dafür war die Zeit etwas zu kurz. Solange sie es sich am Ende noch durchliest, ist ja gut.

»Bin zu Hause.«

»Gut.«

»Hast du den Umschlag schon geöffnet?«

»Ne, aber ich bin sehr gespannt. Mache den gleich auf.«

»Okay gut.«

Während dem Duschen sehe ich auch, dass sie mich anruft. Ich muss mich also beeilen. Sie ist wahrscheinlich durch. Ziemlich sicher hat sie den jetzt auch gelesen. Ich muss schneller machen und sie sofort anrufen. Ich bin jetzt richtig nervös und sehr gespannt, aber was sollte schon schiefgehen. (Diesen Satz sollte ich später bereuen.)

»Hallo, hörst du mich?«

»Ja. MAN du bist so ein Esel haha.«

»Hahaha. Hast du ihn komplett gelesen?«

»Ja hab ich. Ich glaube, vielleicht hattest du recht und fühlst doch mehr.«

»Hab ich ja gesagt haha.«

»Jaa. Ahh, ich weiß nicht, wie ich das sagen soll.« (Oh oh. Das hört sich irgendwie nicht so gut an.)

»Ich weiß über meine Gefühle immer noch nicht recht Bescheid. Ich bin mir noch unsicher.«

»Okay.« (Was soll ich jetzt eigentlich dazu sagen? Ich hab das nicht kommen sehen.)

»Oh man ich enttäusche dich gerade bestimmt sehr. Das Ding ist, ich hab dich wirklich sehr lieb und sehr gern und so, aber ich weiß nicht, ob das in Richtung Beziehung gehen kann. Ich weiß halt zum Beispiel nicht, ob ich vorhin auch was Romantisches gespürt habe, weißt du.« (SCHEIẞE! FUCK!)

»Bist du noch da?«

»Jaja.«

»Man, das tut mir gerade so leid.«

»Das muss es nicht. Du fühlst eben nun mal so.«

»Ich bin mir halt immer noch unsicher. Ich weiß nicht so genau, was ich mit meinen Gefühlen machen soll oder was sie mir sagen wollen.«

»Das ist auch verständlich.«

»Man, ich hasse mich gerade selbst dafür.«

»Nein wieso? Du hast eben nun mal gemischte Gefühle. Du bist dir unsicher und du sagst es mir so, wie du es auch fühlst. Daran ist nichts falsch. Eine Beziehung muss von zwei Seiten aus kommen. Sonst wird der andere unglücklich werden und es wird ihn fertig machen. So hat die Beziehung dann auch keinen Sinn. Außerdem will ich auch nicht, dass du dich zu irgendetwas gezwungen fühlst. Ich will dich nicht

und kann dich auch nicht zu dieser Beziehung zwingen. Es ist nicht Sinn der Sache, wenn ich das erzwinge. Wenn du das Gefühl bekommst, dass du diese Beziehung willst, dann geh sie ein. Wenn du das Gefühl bekommst, dass du sie doch nicht willst, dann geh sie nicht ein. Aber die Entscheidung wird von dir kommen. Du bist diejenige, die es jetzt entscheiden wird und welche Entscheidung auch immer du treffen wirst, wird es keine verwerfliche sein.«

»Wow. Das war gerade so reif von dir. Ich hätte wirklich nicht gedacht, dass du jetzt schon so reif bist.«

Einen kurzen Moment der Stille haben wir gerade. Man merkt auch, dass es für beide kein sehr toller Moment der Stille ist, denn jeder leidet auf seine eigene Art und Weise.

»Ich werde denke ich Zeit zum Nachdenken brauchen. Ich kann dir leider nicht sagen, wie lange ich brauchen werde.«

»Nimm dir so viel Zeit, wie du brauchst. Es ist immerhin eine große Entscheidung und auch vielleicht keine einfache.«

»Nimm es mir aber bitte nicht übel, falls es etwas länger dauern wird, ja?«

»Keine Sorge. Das werde ich nicht, aber mein Gefühl sagt mir, dass du nicht so lange brauchen wirst. Aber setz dich dadurch jetzt nicht unter Druck.«

»Okay.«

Und wieder ein Moment der Stille. Ich kann aber auch nicht denken in diesem Moment. Alles lief halt so gut und auf einmal, wie aus dem Nichts, scheint mir alles wieder genommen worden zu sein. In einem Moment habe ich mich noch, wie ein Lover gefühlt und im nächsten Moment bin ich einfach nur noch irgendein Typ. Ein gebrochener Typ.

Ein gebrochener Typ, der vielleicht doch das Ziel verfehlt, obwohl er direkt davor stand.

»Man ich will eigentlich nicht auflegen. Ich will dich jetzt nicht alleine lassen.« (Selbst in diesem Moment macht sie sich Sorgen um mich.)

»Aber es ist auch sehr spät und irgendwann musst du es so oder so.«

»Ja, aber ich weiß auch, dass sobald ich jetzt auflegen werde, du bestimmt am Boden zerstört sein wirst und auch weinen wirst.« (Sie kennt mich mittlerweile wirklich sehr gut.)

»Das wirst du, aber nicht verhindern können. Und das ist jetzt nicht schlimm. Wirklich.«

»Okay. Dann lege ich auf, okay?«

»Ja in Ordnung. Gute Nacht.«

»Gute Nacht.«

Ist es schlimm, dass ich in Tränen ausbreche? Ist es schlimm, dass ich eine große Enttäuschung spüre? Ist es schlimm, dass ich am Boden zerstört bin? Ich würde sagen, nein. Es ist eben nicht einfach, was da gerade passiert ist, zu verarbeiten. Ganz und gar nicht. Doch es ist einfach nur herzzerreißend, was da gerade passiert ist. Ich habe wohl doch noch, obwohl ich versucht habe, es zu vermeiden, die Lage überschätzt. Ich hätte doch ruhiger bleiben müssen. Ich bin mir vielleicht der Sache deutlich sicherer gewesen, als sie es war. Kann ich dennoch optimistisch bleiben? Sieht es überhaupt noch gut für mich aus? Habe ich überhaupt noch ne Chance? Ich habe es in unserer Gruppe reingeschrieben und den anderen erzählt. Sie haben mir versucht, Mut zu schenken. Wenn es nach ihnen geht, dann braucht sie einfach nur die Überwindung, um sich zu öffnen und ist überfordert. Mal schauen, was am Wochenende passiert und was auf mich zukommen wird.

Wir haben einen regnerischen Samstag. Sehr passend zu meiner Stimmung. Lasse hat mich angerufen, weil er nochmal persönlich mit mir reden wollte.

»Ich verstehe dich voll und ganz, dass du jetzt so traurig bist, aber sieh es positiv. Sie hat sich anscheinend ja immerhin verliebt und muss sich jetzt noch ihren letzten Gefühlen im Klaren sein. Für mich hört sich das immer noch gut an.«

»Aber was ist, wenn es doch nicht so ist?«

»Es ist nicht garantiert, aber die Chancen stehen sehr gut. Denk n bisschen positiver.«

»Es ist schwer.«

»Das kann ich mir gut vorstellen. Weißt du was? Ich hole dich in 2 Stunden ab. Dann können wir n bisschen abhängen.«

Es ist richtig nett von ihm, dass er sich Zeit nimmt, um mich aufzumuntern. Etwas, was aber n richtiger Freund auch machen würde. Leider bringt es nicht viel.

Wir haben Sonntagabend. Es ist Mitternacht und ich habe morgen Schule. Anstatt zu schlafen, liege ich im Bett und versinke sehr in meiner Trauer. Das Wochenende war definitiv das schwerste, was ich jemals durchmachen musste. Zwei Tage voller Trauer umgeben, Schmerz, Leid und was weiß ich. Mein innerer Overthinker hatte wieder mein Kopf übernommen. Und es hat mir keineswegs gutgetan. Ständig habe ich auf mein Handy gestarrt und auf ihre Nachricht gewartet. Bei jeder einzelnen Nachricht, habe ich gehofft, dass sie es ist, die sich bei mir meldet. Doch das war nicht der Fall. Ich hab irgendwann einfach einen eigenen Klingelton für sie eingestellt, damit ich ihre Nachricht, von den anderen unterscheiden kann. Na ja, aber das war nicht nötig. Den Ton für ihre Nachrichten habe ich nämlich nicht gehört. Nicht einmal. Es hätte mich allerdings auch überrascht, wenn sie in nur zwei Tagen, was in meinen Augen sehr kurz ist, ihre Entscheidung getroffen hätte. Das wird n paar mehr Tage brauchen und selbst dann würde das ne kurze Zeit gewesen sein. Der einzige Haken nur ist, dass sich die Zeit mega lang angefühlt hat bisher. Solche harten Tage vergehen auch nicht schnell. Je schwerer sie sind, desto länger fühlen sie sich auch an. Das war zumindest bei mir Fall.

Dagegen konnte ich auch nicht viel machen. Ich bin froh, dass ich keine Hausaufgaben erledigen musste oder für ne Klausur lernen musste. Das hätte ich nämlich nicht hinbekommen. Lasse war aber so nett und wollte sich treffen, damit ich eventuell auf andere Gedanken komme. N bisschen ist ihm das auch gelungen, aber leider nicht viel. Wir sind in seinem Auto ein wenig rumgefahren. Das Wetter war dazu auch sehr mies. Sehr stark am Regnen und richtig stürmisch. Eine gute Reflexion von dem, was in mir abging. Er hat mir versucht Mut zu schenken und mich zu beruhigen, denn er war immer noch der Meinung, dass wir zueinander finden werden. Leider hab ich dieses Gefühl an diesem Wochenende verloren. Ich hatte aber auch Angst davor, diese Hoffnung in mir zu tragen. Ich hatte Angst davor, eventuell sehr verletzt zu werden oder enttäuscht zu werden, wenn am Ende nicht das Erhoffte bei rauskommt.

Selbst meiner Mutter ist das aufgefallen. Sie hat schnell bemerkt, dass mit mir, was nicht stimmt, da ich weder gut gelaunt war, noch vernünftig gegessen hab oder sonst was auf die Reihe bekommen hab. Ständig kam sie zu mir und fragte mich: »Ist was los?« Und immer habe ich abgestritten, dass etwas los sei. Ich wollte ihr das nicht erzählen. Ich hab nicht gerne drüber gesprochen. Irgendwann hat sie vielleicht auch das Gefühl bekommen, dass es, was mit ihr zu tun hat, denn einmal fragte sie mich aus dem Nichts: »Ist was zwischen dir und ihr vorgefallen? Habt ihr euch gestritten?«. Aber ich hab ihr auch darauf keine richtige Antwort gegeben und es verneint. Aber man merkt, dass sie meine Mutter ist, denn auch wenn ich es abstreite, kommt sie darauf, was mit mir los ist. Aber etwas, was auch eine gute Mutter ausmacht.

Pelle war auch für mich da. Wir haben viel zusammen gezockt, obwohl ich eigentlich keine Lust darauf hatte, wir haben uns getroffen und generell wollte er mich aufmuntern. Wir waren sogar gestern Nacht spontan laufen, weil er Bock darauf hatte. Doch leider ist es ihm ebenfalls nicht gelungen. Es liegt aber nicht daran, dass alle nichts Richtiges tun, sondern, dass es einfach schwierig ist, mich wieder vernünftig aus dieser Lage rauszuholen. Meine ganze Freude ist halt auf einmal verschwunden und es ist sehr schwer, wieder eine Freude, mit der gleichen oder ansatzweise ähnlicher Intensität, aufzubauen. Es hört sich auch gerade so an, als hätte sie Schuld an der ganzen Sache, doch das stimmt nicht. Ich möchte nicht, dass man denkt, dass es ihre Schuld ist, denn das stimmt nicht, vor allem weil es für sie bestimmt im Moment auch nicht so leicht ist. Ich kriege es nur nicht hin, anders mit dieser Sache umzugehen und ich glaube, jeder andere wäre an meiner Stelle genauso. Jungs wissen nämlich, was das für eine Art Schmerz ist, wenn es um Mädchen geht.

Tja und jetzt liege ich hier immer noch und weiß nicht, was ich machen soll. Morgen ist wieder Schule. Ich weiß noch nicht mal mehr, ob ich sie am Kreisel treffen sollte und wie es zwischen uns morgen sein wird. Ich will sie nicht bedrängen und sowas Ähnliches, aber ich habe auch Angst, dass wenn ich nicht normal zu ihr bin, dass ich dann was falsch mache. Ich weiß aber, dass ich nicht normal sein kann, weil es einfach viel zu viel unter diesen Umständen wäre. Ich bin mir auch recht sicher, dass sie auch nicht normal sein wird bzw. sein kann, weil die ganze Sache ja auch für sie nicht ganz einfach ist. Ich kann einfach nur hoffen, dass wir beide aus der kommenden Situation das Beste machen. Mal schauen, was dann so passiert. Ich hoffe aufs Beste.

Teil 11: Ein optimistischer Realist

Ich stehe nun am Kreisel und warte auf sie. Ich hab mich doch dafür entschiede auf sie zu warten, weil es vielleicht erstmal richtig ist, so normal wie nur möglich zu sein. Es würde nämlich bestimmt nicht gut ankommen, wenn ich mich jetzt von ich distanziere und gar nicht mit ihr rede und sonst was. So würde sie sich vielleicht noch schlechter fühlen. Das will ich nicht! Deswegen gebe ich mein Bestes und versuche ihr immer noch das gleiche Gefühl in meiner Nähe zu geben.

Da kommt sie auch schon. Ach man. Ich wusste es ja, dass sie es auch genauso schwer haben wird. Sie sieht nämlich sehr traurig aus und wirkt sehr bedrückt. Wie gesagt. Versuchen normal zu wirken und dann wird es hoffentlich schon.

»Hey.«

»Hallo.« (Selbst ihre Stimme wirkt traurig.)

»Wie geht's dir?«

»Na ja...« (Ach man)

Auf dem Weg zur Schule reden wir gerade nicht so viel miteinander. Ich habe gemerkt, sie ist sehr in ihren Gedanken verschwunden und nicht so gesprächig, wofür sie sich sogar entschuldigt, was sie eigentlich gar nicht muss und da will ich auch nicht zu oft was sagen. Während der Schule ist es leider nicht anders, aber das war ja schon abzusehen.

Bevor die Schule aber angefangen hat, habe ich mit Marwa kurz geschrieben.

»Hey Marwa. Versuch mal irgendwann, wenn du mit ihr ins Gespräch kommst, sie aufzumuntern. Du musst nicht mal unbedingt mit ihr über uns reden, aber munter sie etwas auf. Sie braucht es.« (Ich hätte es ja selbst gemacht, aber das passt im Moment nicht.)

»Hey, ich weiß. Hatten wir auch vor.«

»Danke.«

Ich hoffe, es hat n bisschen geklappt. Zumindest merkt man in einigen Momenten, dass sie schon lächeln und lachen kann. Das hat mich gefreut. Zum Glück ist Lasse auch für mich da. Er hat mich nicht alleine gelassen und gut dafür gesorgt, dass ich auch ab und zu mal lachen kann.

Heute haben wir auch früher Schluss als sonst und ich weiß nicht, ob ich auch den Rückweg mit ihr zusammen gehen soll oder nicht. Ich frage sie einfach am besten. Wenn sie was dagegen haben sollte, wird sie ja schon was sagen.

»Hey, wollen wir zusammen den Berg hochgehen?«

»Ja, können wir machen.«

»Okay, aber nicht, dass du das im Moment nicht willst, weil dann sag das einfach.«

»Alles gut. Ich will nicht, dass es sich im Allgemeinen zwischen uns ändert oder unangenehm ist.«

»Okay gut.«

»Weißt du, ich hab dich ja am Wochenende gemalt.«

»Du hast mich gemalt? Ohaa zeig mal.«

»Es ist aber nicht so gut geworden.«

»Bestimmt ist es gut geworden. Zeig mal.«

»Okay.«

Wow! Ich finde, dass es ihr ziemlich gelungen ist. Ich wusste ja aber sowieso, dass sie gut zeichnen kann. Es ist cool.

»Hää, das ist voll gut geworden. Wirklich!«

»Ich wollte dir das auch schenken, aber weiß nicht.«

»Also, ich hätte mich sehr drüber gefreut.«

»Es ist halt mein Weg zu zeigen, was ich für eine Person empfinde und so.« (Das ist so cool und niedlich von ihr. Ach man sie ist wirklich die Beste!)

Man merkt, dass wir uns dennoch gut unterhalten können. Dennoch heißt es noch lange nicht, dass die Sache geklärt ist. Ich habe sie über den gesamten Tag vermisst. Ich denke ja sowieso nur an sie. Leider verbinde ich das im Moment mit Angst. Angst, dass ich am Ende nicht das bekomme, was ich mir schon seit Anfang an erhoffe. Angst, dass es das Verhältnis von uns kaputt macht. Angst, dass alles kaputtgeht. Es ist normal, in so einer Situation Angst zu empfinden. Dagegen kann man leider auch nicht viel machen. Ich hab versucht über den gesamten Tag mich abzulenken. Sei es durchs Zocken oder durch Animes oder Sonstiges. Leider hat alles nicht so wirklich geklappt.

Es ist jetzt abends und ich brauche frische Luft, um n klaren Kopf zu bekommen. Ich will aber auch nicht alleine unterwegs sein. Ich brauche jemanden zum Reden. Zum Glück hat Reik Zeit. Reik ist ein guter alter Freund von mir. Ich kenne ihn schon seit der 3. Klasse, als er neu in unsere Klasse gekommen ist. Wir haben uns auch direkt verstanden. Er ist n ziemlicher Chaot und macht viel dumme scheiße. Er kommt aber auch auf Ideen, die sonst kein anderer haben könnte. Dennoch ist einer meiner engsten Freunde, da wir uns seit Tag 1 bestens verstehen und ich ihm alles anvertrauen kann ohne zu zögern. Deswegen dachte ich mir, dass ich vielleicht auch mit ihm drüber rede. Auch wenn er sehr oft einfach nur dumm wirkt, ist er das tatsächlich nicht und man kann sich bei ihm immer mal wieder einen guten Rat abholen.

»Kann ich dich was fragen?«

»Bro, du kannst mich immer alles fragen.«

»Guck mal. Ich weiß nicht, ob ich dir das erzählt habe, aber sie meinte letzte Woche zu mir, dass sie in mich verliebt ist.«

»NEIN?!«

»Warte warte. Das Ding dann lief alles mega gut. Wir haben so eine schöne Zeit gehabt und erinnerst du dich noch an den Brief, den ich ihr geschrieben habe?«

»Ja. Hast du ihn ihr gegeben?«

»Ja, das habe ich.«

»Und jetzt seid ihr zusammen?«

»Das ist das Problem. Sind wir nicht. Sie meinte, dass sie sich sehr unsicher ist und noch nicht über ihre Gefühle komplett im Klaren ist. Sie braucht deswegen etwas Zeit zum Nachdenken.«

»Oh okay.«

»Genau das macht mich fertig. Ich hab Angst, dass ich sie verliere. Sie gehört mir nicht und wir sind kein Paar oder sind es bisher auch nicht gewesen, aber dennoch habe ich irgendwie eine Angst sie zu verlieren.«

»Bro, das verstehe ich komplett. Es ist auch nicht schlimm, dass du so eine Angst hast. Aber versuche optimistisch zu bleiben. Dein Pessimismus macht dich im Moment sehr fertig und das ist im Moment nicht Sinn der Sache. Was denken die anderen?«

»Die denken, dass sie einfach nur etwas Zeit braucht, um sich zu öffnen und dass es dann wieder wird.«

»Das denke ich mir auch. Ihr habt ja ne sehr schöne Zeit gehabt bisher und sie scheint diese auch genossen zu haben und da denke, ich wird sie genau deswegen auch den nächsten Schritt wagen.«

»Denkst du wirklich?«

»ja absolut. Zumindest glaube ich das. Du musst verstehen, dass es ein sehr großer Schritt ist. Erst verliebt sein und dann in eine Beziehung gehen, mit aktivem Lieben unterschätzen viele. Da ist es besser so, dass sie sich nochmal Zeit zum Nachdenken nimmt. Ich würde sagen, ein gutes Zeichen.«

»Okay.«

»Und wenn auch am Ende nichts daraus werden sollte, werde ich dich unterstützen und für dich da sein!«

»Danke Bruder.«

»Komm jetzt lass dich mal ablenken.«

Ich bin froh, solche Freunde zu haben. Auch wenn es häufig nicht viel bringt, wenn sie mich ablenken wollen, merke ich, wie sehr sie für mich da sind und sich, um mich kümmern. Ich merke auch in dieser Zeit besonders, wie sehr ich das zu schätzen wissen sollte und Reik hat recht. Ich sollte versuchen optimistischer zu sein, denn pessimistisch zu sein macht mich echt nur fertig. Aber dennoch sollte ich auch darauf vorbereitet sein, falls es ein nein wird. Ich kann sie ja wie gesagt nicht zwingen. Dann muss ich damit leben, was sehr schwierig werden würde, aber zumindest hilft es mir, wenn ich mal kein Pessimist bin, sondern vielleicht mal eher ein optimistischer Realist.

Der nächste Morgen. Ich stehe wieder am Kreisel und das Gespräch mit Reik gestern Abend hat mir sehr gutgetan. Deswegen bin ich auch deutlich besser drauf. Und sie anscheinend auch, denn ich sehe von weitem, dass sie ein Lächeln auf ihrem Gesicht trägt. Das freut mich sehr. Anscheinend haben Marwa und die anderen *sich auch gut um sie gekümmert.*

»Hey.«

»Hey, wie geht's dir?«

»Gut! Ich werde denke ich auch heute meine Entscheidung treffen.« (OHHHH WAAASSS?)

»Oh okay.«

»Ich bin mir im Moment schon zu 60 % sicher. Aber eigentlich war es mir schon von Anfang an klar. Aber egal.«

»Okay, dann bin ich mal gespannt.«

In diesem Moment beginnt mein Herz einmal wieder viel doller und schneller zu schlagen. Liegt wohl an der Aufregung. Aber es hört sich doch gut an, oder nicht? Ich will mich nicht schon zu sehr darauf freuen. Aber ich darf wohl gespannt sein.

Teil 12: Ein erfülltes Herz

Den ganzen Tag denke ich schon daran, eine Nachricht von ihr zu bekommen. Sowas wie *»Hey, können wir reden?«* oder *»Hey, ich hab meine Entscheidung getroffen, können wir uns treffen?«*. Ich meine, es ist ja verständlich, dass ich so aufgeregt und gespannt bin. Schließlich wird es entweder eines der besten Tage in meinem werden oder ich werde in eine richtig tiefe Trauer versinken. Lasse meinte, dass ich ruhig bleiben soll und abwarten soll. Was anderes kann ich auch nicht in dieser Situation tun. Aber es ist nicht einfach. Den ganzen Tag in der Schule konnte ich mich nicht konzentrieren und war komplett neben der Spur und auch jetzt gerade zu Hause bin ich unruhig, laufe die ganze Zeit durch die Wohnung und starre auf mein Handy wie ein Besessener. Man ey. Es ist halb 3 und meine Mutter könnte auch jeden Moment von der Arbeit nach Hause kommen. Sie wird sich auch nur denken, was ich hier gerade mache. Dayyan hat mich auch schon gefragt, ob wir zusammen zocken wollen, aber dafür habe ich gerade keinen Nerv. Ich bin im Moment einfach nur krank im Kopf. BOAH!

Vorhin hatte ich auch noch Reik getroffen und ihm habe ich das auch erzählt. Er schien sofort zuversichtlich zu sein. Pelle habe ich es auch geschrieben und er meinte nur: *»Bro ich sage es dir schon von Anfang an und ich bleibe auch dabei, ihr kommt safe zusammen. Das sage ich dir schon von Anfang an. Vertrau mir einfach!«*. Aber warum?

Vielleicht, weil sie sonst heute Morgen nicht so fröhlich gewesen wäre? Weil sie mir das alles vielleicht dann auch so nicht erzählt hätte? Vielleicht, weil es sie sich dann nicht schon von Anfang an sicher gewesen wäre? Vielleicht, weil sie sonst auch über den restlichen Tag nicht besser drauf gewesen wäre als gestern?

Vielleicht, vielleicht, vielleicht ...

Dieses Spekulieren und Raten macht mich nur noch verrückter. Und ich bin schon mehr als nur genug verrückt. Ich lege mich einfach aufs Sofa und gucke mir TikToks an. Auf TikTok kann ich wirklich Stunden verbringen. Es hat einfach n richtigen Suchtfaktor, weil es einfach nur dieses hin und her scrollen ist, was mega simpel ist. Viel von der eigentlichen Sache bin ich zwar nicht abgelenkt, aber ich kann mir die Zeit so gut vertreiben. Ich liege hier ja nur rum, scrolle rum und warte auf ihre Nach ...

SIE RUFT MICH AN! Jetzt schon? Das kommt jetzt voll unerwartet. Ich dachte sie lernt gerade mit Marwa und Tamo.

»Hallo?«

»Hey.«

»Warte mal, ich hör dich nicht.« (Scheiße meine Airpods wollen sich einfach nicht verbinden. Egal scheiß auf die.)

»Sag mal jetzt was.«

»Hallo?«

»Ja okay ich höre dich jetzt.«

»Okay. Ehm wir müssen reden.« (OH GOTT, das hört sich gar nicht gut an.)

»Oh okay.«

»Willst du mich von der Schule abholen?«

»Ja kann ich machen. Ich gehe sofort los.«

»Okay schreib mir dann, wenn du da bist. Dann komm ich runter.«

»Okay.«

»Bis gleich.«

»Bis gleich.«

Ach du scheiße. Das kam gerade aus dem Nichts. Ich muss sofort los. Ich hab keine Zeit mehr. Ich renne in mein Zimmer, nehme meine Schuhe, ziehe meine Jacke an und ich sprinte aus der Wohnung. Im Treppenhaus springe ich die einzelnen Stufen der Treppen runter und von den Nachbarn bekomme ich auch nur komische Blicke zu sehen, aber das ist mir so egal gerade. Ich kann nicht mehr warten. Ich bin aber mega nervös gerade. Ich hab n mega hohen Puls, mein Herz schlägt schneller als Floyd Mayweather. Ich schwitze auch schon hart. Ich muss Pelle anrufen. Scheiße. Er schreibt gerade eine Prüfung. Fast vergessen. LASSE! Ja. Ich rufe ihn an.

»Hallo?«

»Lasse. Ich brauche Hilfe.«

»Moment Moment. Atme tief ein und aus und erzähl dann, was los ist.«

»Sie hat mich angerufen und gesagt, dass wir reden müssen. Jetzt hole ich sie von der Schule ab. Ich bin so nervös, Bruder!«

»Ganz ruhig, alles ist doch noch in Ordnung.«

»Oh man ich sprinte gerade dahin. Ich dachte aber, dass sie gerade mit Marwa und Tamo lernt.«

»Sieh es positiv. Ich glaube, wenn sie dir n Korb geben wollen würde, dann hätte sie dich nicht vor den beiden angerufen. Sieht zumindest gerade gut aus.«

»Ja vielleicht..., aber ..., aber...« (Oh man. Ich bin so aus der Puste, dass ich nicht mehr reden kann.)

»Hör erstmal auf zu laufen. Du hast alle Zeit der Welt. Sie läuft schon nicht davon.«

»Ja hast recht. Was ich sagen wollte ist, dass ich mega Angst habe. Ich drehe schon den ganzen Tag durch deswegen.«

»Das habe ich mir schon gedacht. Aber sie hat ja jetzt ihre Entscheidung getroffen und die wirst du nicht ändern können. Und wenn es nach meinem Gefühl geht, dann glaube ich, dass du sie auch nicht ändern möchtest.«

»Ich hoffe es sehr. Na gut. Ich bin jetzt da. Ich erzähle dir später alles.«

»Ich bin sehr gespannt. Los, schnapp sie dir, Tiger.«

»Ich versuche es.«

»Bin jetzt da.«

»Okay, komme jetzt dann.«

Gleich ist es so weit. Ich kann das Gefühl in mir gar nicht beschreiben. Es ist Aufregung, Nervosität, Vorfreude, Angst, Spannung, einfach alles. sechs Monate ist es her. Vor sechs Monaten habe ich mich in sie verliebt. Ich bin schon seit sechs Monaten am Kämpfen und ich habe es oft nie einfach gehabt. Doch ich bin bis jetzt immer am Ball geblieben und habe auch nie aufgegeben. Ich war ständig bereit alles für dieses Mädchen zu tun, wirklich ALLES! Ich habe Freude gespürt, Trauer, habe ständig von ihr geschwärmt, geträumt, Tränen sind geflossen, ich könnte alles jetzt nennen. Und gleich wird sich zeigen, ob ich nun erfolgreich sein werde und es schaffen werde ihr Herz zu erobern oder ob ich es trotz 110 % und allem anderen nicht geschafft habe, sie für mich zu gewinnen. Ich hoffe natürlich auf den ersten Fall, aber ich habe da jetzt keinen Einfluss mehr darauf. Meine Zukunft ist jetzt schon beschlossen und gleich werde ich den Ausgang davon erfahren.

Da kommt sie. Jeder einzelne Schritt fühlt sich in Gedanken so langsam an. Als wäre Slow Motion wirklich real. Ich sehe, wie sich mich anlächelt. Ist das ein gutes Zeichen? Ich weiß es nicht. Ich will mich nicht festlegen. Ich habe außerdem auch nicht die Energie dafür, um alles zu analysieren, denn ich bin so aus der Puste.

»Alles okay bei dir?«

»Jaja. Ich hab mich nur beeilt und bin deswegen leicht kaputt.«

»Ah haha.«

Sie kommt immer näher und näher. Je näher sie kommt, desto nervöser, ängstlicher und aufgeregter werde ich. Meine Beine haben auch angefangen zu zittern. Ich kann schon das Pochen, meines Herzens hören. Und es wird lauter und lauter, je mehr Schritte sie geht. In der Realität sind das vielleicht n paar Sekunden. Doch es fühlt sich so an, als würde man sich aus der Ferne schon sehen und erst nach ein paar Metern aufeinandertreffen.

Sie ist jetzt direkt vor mir. Ich will gar nicht so richtig hingucken. Man erkennt, dass sie noch einen weiteren Schritt machen will, aber am liebsten würde ich versuchen ein paar Schritte zurückzugehen, damit ich noch mehr Zeit habe. Ich fühle mich noch nicht bereit, die Antwort zu hören. Es fühlt sich nicht nach dem richtigen Moment an. Aber es gibt ihn nicht. Rohan hat gesagt, dass es nie den richtigen Moment geben wird, sondern dass ich ihn zum richtigen Moment machen muss! Es wäre nur das Beste, wenn ich jetzt auch diese Lektion umsetzte und unabhängig davon, was ihre Entscheidung ist, es zu dem richtigen Moment mache. Ja! Ich mache es. Es ist der richtige Moment!

Ohne was zu sagen, umarmt sie mich. Und ich?

»Sag mir bitte, dass ein ja ist. Sag mir bitte, dass es ein ja ist.«

Ohne ein Wort zu sagen, umarmt sie mich auch weiterhin und als Antwort gibt es ein Kopfnicken.

JA!

ES IST EIN JA? JA! ES IST EIN JA! OH MEIN GOTT! Mein Kopf weiß nicht mehr weiter. Er hat abgeschaltet. Im Moment ist nur mein Herz aktiv und ich lasse mich von meinen Gefühlen leiten. Erlösung, Freude, Erleichterung, Stolz, es gibt einfach kein Wort, was gerade meine Gefühle und meinen Zustand beschreiben kann. Ich umarme sie und fühle etwas Unbeschreibliches.

»JA! OH MEIN GOTT. Ich bin so glücklich in diesem Moment. Du glaubst es gar nicht. Sind eigentlich Marwa und Tamo noch da?«

»Ja sind sie. Wieso eigentlich?«

»Ich bin sofort wieder da!«

Ich sprinte sofort los. Was sie sich denkt, kann ich nicht sagen, doch ein Lachen konnte ich noch hören.

Ich klopfe direkt an die Tür. Sie machen die Tür auf und sofort schreie ich los:

»OMG sie hat ja gesagt! Sie hat ja gesagt!«

Sofort nehme ich die beiden in die Arme und wir hüpfen, schreien, lachen und jubeln vor Freude. Als hätte ich den größten Jackpot auf der Welt gewonnen. Aber sind wir mal ehrlich, das habe ich auch. Es gibt nichts Besseres, was mir hätte passieren können. Das glaube ich ganz fest. Daher ist der Jubel auch berechtigt. Ich bekomme gerade so viel Energie vor Freude, dass es schon unglaublich ist, wie energiegeladen ich bin.

Mittlerweile ist sie auch hergekommen und ich laufe sofort auf sie zu und umarme sie so fest ich kann. Und es fühlt sich toll an. Es ist das tollste Gefühl der Welt, wenn du weißt, dass du das Mädchen, welches deinen Kopf schon seit einem halben Jahr verdreht hat, welches dich auf Wolke 7 schweben lässt, welches dich einfach nur glücklich macht, für dich gewonnen zu haben und ihr Herz erobert zu haben. Unbeschreiblich und mein Herz ist erfüllt. Was zählt ist, dass sie jetzt an meiner Seite ist! Sie ist mein Mädchen!

13: Ein besserer Mensch

Fühlt sich an, wie du die Wärme von Sonnenlicht auf meiner Haut. So viel Dopamin, wie noch nie, verstreut. Ständig das Gefühl von purer Gänsehaut. Jeder Tag war auf seine eigene Art und Weise besonders. Man hat sich immer bis zum Tagesende auf alles gefreut und in der Nacht an den anderen gedacht, während auf der anderen Seite das Gleiche passiert. Alles ist auf einmal wunderschön und es ist so als würden Träume in Erfüllung gehen. Alles glänzt im neuen Licht und die Welt erstrahlt in den wunderschönsten Farben. Immerzu hat man nur denselben Namen auf den Lippen und dieselben Gedanken im Kopf. Sie und ich. Ein Leben, welches wir noch nie hatten, als gäbe es kein Zurück mehr. Ich höre mich zwar klischeehaft an, aber so lässt sie mich auch fühlen. Das ist Liebe! Ich weiß, dass es das ist!

Mein früheres Ich hat es tatsächlich geschafft, dieses Mädchen als sein Mädchen zu machen. 6 Monate durchgekämpft und dann verdient belohnt worden. Es war zwar eine harte und schwierige Reise, aber gleichzeitig auch eine, die zu einer tollen Geschichte wurde und viele Erinnerungen bereithält. Eine wirklich unvergleichliche Reise. Doch ich habe es geschafft und bin zum Ziel gekommen. Und ich wusste nicht ganz genau, was diese Beziehung für mich bereithalten wird. Mein früheres Ich hat es geschafft, ihr

Herz zu erobern, doch es war auch der Punkt, wo die Reise für mein früheres Ich enden sollte. Denn ab diesem Zeitpunkt hat sich mein früheres Ich zu einem komplett neuen Ich entwickelt. Habe viel gelernt, viel erlebt und viel über mich herausgefunden. Es war abzusehen, dass ich mich verändere.

Veränderung kommt in verschiedenen Formen, durch verschiedene Aspekte und bei mir veränderte sich vieles durch meine Reise. Jede Beziehung ist anfangs ja immer ein wenig holprig und das ist ja auch überhaupt nicht schlimm. Doch wenn eines nicht gehakt hat, dann war es meine Ehrlichkeit gegenüber ihr, denn durch das riesige Vertrauen konnte ich mit ihr so ehrlich sein, wie mit noch niemandem zuvor. Lediglich meine Verschlossenheit war eine Hürde für mich. Denn anfangs fiel es mir schwer sehr offen mit ihr zu sein, weil ich das vorher noch zu niemandem war und vielleicht lag sie gar nicht so falsch damit, dass ich ein, wie sie sagte, »Pokerface« hatte. Nur sie hat es geschafft mir diese Maske abzunehmen, worüber ich sehr froh bin. Es hat unserer Beziehung gutgetan, denn ab dem Zeitpunkt habe ich auch ich angefangen, komplett offen zu ihr zu sein. So offen wie noch nie. Und ich habe es geliebt, so offen zu einer Person sein zu können. Ich liebte so ehrlich, mit jemanden sprechen zu können. Ich war wirklich frei! Frei, die Person zu sein, zu der ich geworden bin. Frei, die Gefühle auszuleben, die ich gefühlt habe. Frei, das auszusprechen, was ich mir gedacht habe. Frei, das zu tun, was ich tun wollte. Als wäre ich ein Vogel, dessen Käfig sie mir mit ihren Händen aufgemacht hat und mir die Freiheit schenkte. Ich konnte endlich sagen, dass ich lebe!

Ich hab mehrere Bedürfnisse gehabt. Und jedes dieser Bedürfnisse hat mich immer nachdenklich gemacht. Denn ich hab mich immer gefragt »Ist es etwas, wonach ich gesucht habe? Etwas, was mir fehlte?«. Viel gebracht hat mir das auch nicht. Ich wusste nicht mal mehr, ob ich überhaupt etwas suche oder ob mir überhaupt etwas fehlt. Es ist schwer jemandem etwas zu erklären, wenn ich es mir selbst nicht mal mehr erklären konnte. Doch nun stehe ich hier und kann es erklären. Es ist wie beim Puzzle. Man versucht sich durch einzelne Puzzleteile ein gesamtes vollständiges Bild zu erstellen. Es gibt aber verschiedene Arten von Puzzleteilen. Es gibt die Ecken, die Teile, die sich am Rand befinden, welche, die ins Innere gehören. Und sie unterscheiden sich auch in ihrer Form. Mal hat n Puzzleteil einen Knüpfpunkt, mal eine Knüpfstelle und mal auch beides. Doch alle sind wichtig, damit das Bild vollständig ist. Mir hat ein Teil gefehlt, um das Bild zu vervollständigen. Dieses Teil habe ich gefunden. Doch wie sich herausstellte, war es nicht nur ein einziges Teil und es ging nicht darum herauszufinden, was mir fehlte. Sondern es ging darum herauszufinden, wie ich sein will! Ich wollte so sein, wie ich es auch wirklich bin. Doch wie bin ich wirklich ich selbst? Wie gesagt, ich habe in den 6 Monaten viel über mich herausgefunden. Dazu gehörte mein wahres Ich. Ich habe mein Bild durch die fehlenden Puzzleteile, die in den 6 Monaten eigentlich vor meinen Augen lagen, vervollständigen können.

Ein naiver Esel. Ein verwirrter Narr. Ein kindisches Kind. Ein verzweifelter Overthinker. Ein glücklicher Junge. Ein verblüffter Träumer. Eine verliebte Seele. Ein überforderter

Lover. Ein gebrochener Typ. Ein optimistischer Realist. Das alles führte dazu, dass ich ein erfülltes Herz bekam.

Das sind alles Puzzleteile, die ein Teil von mir und meinem Bild sind. All diese Teile haben dafür gesorgt, dass ich zu dem Menschen geworden bin, der ich heute bin. Ein vollständigerer und besserer Mensch! Allerdings ist das nicht der einzige Grund dafür, dass ich mich zu dem entwickelt habe, der ich heute bin und auch nicht der Hauptgrund. Es ist die Beziehung gewesen. Denn es war etwas, was nicht nur für mich eine Bedeutung hatte. Es hatte eine Bedeutung für uns!

Einen holprigen Start hatten wir. Klar, vielleicht nicht das schönste, was man sich in einer Beziehung vorstellt, doch wir haben an dieser gearbeitet und in dieser investiert. Das war der Schlüssel für die Tür, die uns den Weg zu etwas Magischem geöffnet hat. Etwas Magisches für uns 2! Der Weg zur Liebe! Das Beste auf diesem Weg war die Art und Weise, wie unsere Verbindung entstanden ist. Niemals hätte ich gedacht, dass ich mich so stark in sie verlieben würde. Ich glaube sie auch nicht. Es war unerwartet und auch an einem unerwarteten Zeitpunkt. Doch das zeigt, dass niemand diese Liebe erzwungen hat, sondern dass das pure natürliche Chemie und Verbindung ist, die sich in der freien Natur entfalten konnte. Von einer Person, die mich auf dem Schulweg begleitet hat, wurde sie zu einer Person, die mich an meiner Seite durchs Leben begleitet hat. Anfangs hat es auch etwas gedauert, bis sie mir ihr Vertrauen und ihre Offenheit schenkte, doch der Punkt, an dem ich ihr Vertrauen gewann, hat nicht lange auf sich warten lassen und so kam es dazu, dass wir die tollsten, einzigartigsten, schönsten und dümmsten Sachen Seite an Seite erlebten.

Das Schaukeln auf den Spielplätzen, wo wir zusammen schaukelten und ein Duell daraus machten, wer von beiden höher schaukeln konnte. Wenn es aber mal kalt wurde auf den Spielplätzen, dann haben wir uns in ein Holzhäuschen verkrochen und versuchten uns durchs kuscheln gegenseitige Wärme zu spenden. Ein Dorf weiter befanden sich Felder. Während dem Sonnenuntergang mit ihr zusammen durch diese zu spazieren, sich den wunderschönen orange-rosanen Himmel anzuschauen und Fotos von uns 2 Turteltäubchen zu machen und dann in der Nacht den wundervollen Sternenhimmel zu beobachten und nach Sternzeichen zu suchen, war ein toller Moment, auf den wir uns immer den ganzen Tag gefreut hatten. Zusammen mit ihr im Auto zu sitzen und zu singen, war immer ein tolles Erlebnis. Auch wenn der Klang meiner Stimme nicht so ein Genuss für die Ohren waren, war ihr Klang umso angenehmer. Mit ihr herumzualbern, dumme Witze zu machen und die lustigsten Sachen anzuschauen war so spaßig. Jeder Mensch trägt ein inneres Kind in sich. Egal wie alt man ist und wir beide haben diese mit Vergnügen rausgelassen und uns dabei toll gefühlt. Gemeinsam haben wir auch den Stress während dem Abitur überwunden. Es war nicht einfach, denn es gab viel zu tun, viel zu lernen und das bedeutet auch mehr Stress und alles, was dazu gehört. Jedoch waren wir ein gutes Team. Wir haben uns gegenseitig unterstützt, geholfen und waren für einander da. Gemeinsam haben wir eines der größten Herausforderungen in unserem Leben zusammen gemeistert. Nach dieser Herausforderung hatten wir uns den Sommer mehr als nur verdient. Und es war auch der beste Sommer, den ich je hatte. Jeder Tag war aufregend, jeder Tag hat Spaß gemacht, an jedem Tag konnte ich glücklich sein und das verdanke ich nur ihr. Sie hat mir einen unvorstellbaren Sommer, wie ich den nie hatte, geschenkt. Wir waren nicht zusammen im Urlaub oder haben sonst was Riesiges gemacht. Wir haben dasselbe getan, was wir auch sonst immer getan haben. Haben uns immer wieder zum Spazieren getroffen, denselben quatsch wie immer gemacht und waren auch zusammen shoppen in der Innenstadt. Niemals hatte ich so viel Spaß, mit jemandem zu shoppen, wie mit ihr, denn eigentlich habe ich es gehasst zu shoppen. Warum weiß ich zwar nicht, doch mit ihr war es ein komplett anderes Erlebnis. Ein Unterschied war, dass ich arbeiten musste. Doch jedes unserer Anrufe nach einem anstrengenden Arbeitstag war eine Befreiung. Es hat sich so angefühlt, als wäre ich von der Arbeit nach Hause gekommen, wo meine Frau auf mich wartet, damit wir zusammen über unseren Tag reden können und dabei uns entspannen können. Jeder Überraschungsbesuch auf der Arbeit hat meinen Tag so sehr verschönert, dass ich mehr Motivation und Spaß an der Arbeit hatte, als üblich. Das alles mögen zwar gewöhnliche Dinge sein, die Menschen nun mal im Alltag machen, wohinter eigentlich nichts Großes steckt. Doch wenn man etwas mit der richtigen Person macht, egal wie seltsam oder dumm auch immer diese Aktivität sein mag, kann es zu etwas ganz Besonderem werden. Aber neben den Aktivitäten hat sie mir auch gezeigt, wie sehr sie sich um mich kümmert. Bei Hunger hat sie den größten Spaß gehabt, mir Essen zu servieren, welches unglaublich lecker war. Hat mir bei vielen Erledigungen im Alltag geholfen. Sachen für mich gekauft und mich ab und zu mit tollen Geschenken überrascht. Doch eins werde ich nie vergessen. Auch im Sommer hat uns die Pandemie nicht komplett in Ruhe gelassen. Immerhin hatte es mit den Impfungen begonnen und ich war an der Reihe meine 2. Impfung zu bekommen. Wenig überraschend traten auch einige Nebenwirkungen bei mir auf und ich habe mich etwas krank gefühlt. Und sie war so sehr für mich da. Immer nach meinem Zustand gefragt, sich um mich gekümmert, mir Tee gegeben, mich abgeholt und nach Hause gebracht. Ihre Unterstützung habe ich wirklich rund um die Uhr bekommen. Sie war immer für mich da. Nicht nur hier, sondern bei allem hat sie mich unterstützt und war an meiner Seite. Egal ob es so war, als ich meinen Job bekommen hab oder meinen Führerschein bestanden hab oder eine Zusage von der Uni bekam. Auch bei schlechten Sachen wurde ich nie von ihr im Stich gelassen. Besonders in den Momenten, wo ich Verlustängste bekam. Ihr gegenüber. Es ist nun mal verständlich, dass wenn man jemanden, wie sie an seiner Seite hat, dass der Gedanke, diese Person zu verlieren, eines der unschönsten Dinge ist, die einem passieren könnten. Jedoch ist es genau umgekehrt eines der schönsten Dinge, wenn diese Person, gegenüber der man diese Verlustängste spürt, einem das Gefühl gibt, dass diese da ist und dich fest in den Armen nimmt und dich so doll drückt, dass alle Sorgen und der ganze Kummer, den das Herz umgibt, aus einem rausgequetscht wird. In der Tat eines der tollsten Sachen, die in solchen Momenten einem passieren könnte. Sie wusste genau immer ganz genau, wann etwas mit mir nicht stimmte und fand immer dafür eine Lösung. Als kenne sie alle Seiten von mir in- und auswendig. Denn auch wenn sie dieses Gefühl nicht hatte, hatte ich das Gefühl, dass sie mich besser kennt, als alle anderen Personen, die mir nahestehen. Selbst besser als meine eigene Familie, aber das ist Quatsch. Denn sie war schon längst Teil meiner Familie! In meinem Herzen, hatte sie einen Platz eingenommen, den kein anderer jemals hätte so einnehmen können und sie hat ihn ganz schnell zu ihrem zu Hause gemacht. Bei ihr war es auch so, dass sie manchmal Verlustängste hatte oder auch mal eifersüchtig war. Öfter, als sie es zugegeben hat. Und sie war immer so süß, denn sie war einerseits auf einer niedlichen Art und Weise verärgert, aber auch leicht beängstigt, dass ich sie nicht mehr lieben würde. Doch ich beruhigte sie immer, indem ich ihr mein Wort gab und sagte: »Niemand wird mich jemals davon abhalten, dich zu lieben. Nicht einmal mehr du!«. Ich habe immer mehr als 100 % gegeben, um für sie der Freund zu sein, den sie verdient. Immer war es mein Ziel, sie so glücklich, wie nur möglich zu machen. Egal, ob es am Ende kleinen Geschenken waren oder spontane Dates oder mentaler Support, den sie gebraucht hat, sie hat alles bekommen, was sie gebraucht hat. Die Beziehung war nicht immer einfach, denn mal war es nicht ganz einfach als mentale Stütze für einen da zu sein oder mal hat man sehr viel Stress aufgenommen, um etwas für die andere Person auf die Beine stellen zu können, egal ob es eine Geburtstagsparty oder ein Date war. Selbst in unserer Beziehung hat es Streit gegeben. Doch bei uns war es nicht ich gegen sie. Es waren wir beide gegen das Problem! So sollte es immer sein. Eines muss man immer Kopf behalten. Wenn die andere Person toll und ganz besonders ist, wird es nicht immer einfach sein und man wird mal kaputtgehen. Denn wenn die andere Person es wert ist, dann sollte man nicht aufgeben. Jeder verletzt mal den einen oder anderen und macht ihn fertig, aber man muss die finden, für die es sich lohnt, da durchzugehen, egal was andere davon halten oder denken oder sonst was. Denn man sollte nie vergessen, was man alles Tolles erlebt hat, dass einem diese ganzen Gefühle überhaupt gezeigt hat. Die schönsten Unternehmungen, Dates und Ausflüge sind ja auch alles schön und gut. Doch nichts im Vergleich zu dem Gefühl, welches man bekommt, wenn man zusammen liegt und kuschelt. Sich gegenseitig in die Arme zunehmen und abwechselnd den Kopf auf die Brust des anderen zu legen. Während der eine den Herzschlag des einen hört, geht der andere sanft mit seiner Hand durch die Haare des anderen und verteilt dazu auch noch Küsse auf den Kopf. Man fühlt sich sicher, wohl in der Nähe des anderen und glücklich. Plus das Kribbeln im Bauch, was man hat, während man die Augen schließt und sich die Lippen gegenseitig berühren. Als würde die Zeit für diesen Moment anhalten und uns die Möglichkeit geben, diesen Moment so lange wir wollen zu erleben und unseren Gefühlen freien Lauf zu lassen.

Ich habe meinen Gefühlen und meinen Gedanken freien Lauf gelassen. Aber nicht nur das. Ich habe auch mir freien Lauf gelassen, denn ich hatte keinen Grund etwas zu verbergen oder mich zu verstellen. Ich war einfach ich. So kam es dazu, dass ich den naiven Esel in mir gesehen habe, der ab und zu mal dumme Fehler gemacht hat. Ich habe den verwirrten Narren in mir gesehen, der manchmal wirklich hohl in der Birne war. Ich habe das kindische Kind in mir gesehen, welches die dümmsten und witzigsten Sachen zusammen mit ihr unternommen hat, wie zum Beispiel mit ihr Wrestling gespielt oder sie gekitzelt, um sie zu ärgern, weil sie das nicht mochte. Ich habe den verzweifelten Overthinker in mir gesehen, der sich sonst was gedacht hat, sobald er anfing sie sehr zu vermissen. Den glücklichen Jungen, der an ihrer Seite nicht anders konnte, als glücklich zu sein. Den romantischen Poeten, der versuchte, ihr immer wieder ein Lächeln aufs Gesicht zu zaubern durch Liebesbriefe und Rosen. Ein verblüffter Träumer, der Nächte damit verbrachte, von ihr zu träumen. Eine verliebte Seele, die nur von der Liebe umgeben war. Ein überforderter Lover, der es manchmal nicht leicht hatte, sein Mädchen glücklich zu machen. Ein gebrochener Typ, der sich nach einer Auseinandersetzung schlecht gefühlt hat, wo dann auch der optimistische Realist ins Spiel kam und versuchte eine gute Lösung zu finden. Nicht nur diese Seiten. Ich habe viel mehr Seiten von mir gesehen. Alles Teil meiner wahren Persönlichkeit. Dass ich meiner wahren Gestalt auch ihren freien Lauf ließ, erfüllte mein Herz, denn ich spürte weder Hemmungen noch habe ich mich verstellen müssen. Klar habe ich mich in vielen Sachen an sie angepasst. Manches auf Krampf und manches automatisch, aber sowas ist Teil einer Beziehung.

Haare werden grau, die Haut bekommt Falten, man schrumpft. Das Aussehen vergeht. Doch wenn etwas bis zum Schluss bleibt, dann ist es das Funkeln der Augen, die Ausstrahlung und das reine Herz. Und ich bin froh, dass ich gelernt habe, all diese Dinge zu lieben. Ihr Aussehen ist keinesfalls schlimm. Es ist das komplette Gegenteil davon Sie ist nämlich das schönste Mädchen, welches ich jemals gesehen habe. So eine erstaunliche Schönheit. Doch nicht nur das äußerliche ist das, was ich meine, wenn ich sage, dass sie wunderschön ist. Sie hat mir den Wert der wirklich wunderschönen Sachen vermittelt. Sachen, die man anfängt mehr zu lieben, sobald man ihren wirklichen Wert vermittelt bekommt. Die innere Schönheit. Diese sorgt dafür, dass sie in meinen Augen immer schön bleibt, egal wie sie aussehen sollte. Selbst wenn sie etwas dicker bzw. dünner sein sollte oder wenn sie an Glanz im Gesicht verlieren sollte oder was auch immer. Auch wenn das alles so sein sollte, wird die innere Schönheit alles ausgleichen, denn das ist etwas, was sie viel attraktiver macht. Mehr als ihr äußerliches schon tut und jemals tun kann. Und diesen hat sie mir jeden Tag aufs neueste vermittelt. Häufig hat sie sich selbst fertig gemacht, weil sie sich »hässlich« fand, durch Pickel zum Beispiel. Was ich ihr nie gesagt habe ist aber, dass ich es eigentlich aus einer gewissen Hinsicht immer toll fand, wenn sie Pickel bekam. Klingt vielleicht erstmal komisch, aber immer, wenn das der Fall war, ist mir aufgefallen, dass sie trotz solcher Sachen immer noch bezaubernd und wunderschön aussah und dass sie nicht ein bisschen »hässlicher« dadurch wurde. Sie ist das tollste, wunderschönste, liebevollste, fürsorglichste, lustigste und bezauberndste Mädchen, das ich mir je vorstellen könnte. Aber viel wichtiger ist, dass sie die tollste Freundin war, die ich mir hätte je vorstellen können. Einen Menschen, den man nur lieben kann und ich habe nicht angefangen sie zu lieben, weil ich einsam war und dringend eine Freundin wollte und von jemanden geliebt werden wollte. Anfangs war das nämlich meine Einstellung, die ich ändern wollte und die sie bei mir etwas durcheinandergebracht hat. Ich habe angefangen sie zu lieben, weil egal, was sie macht. Ob nun mich anschauen, irgendwo hingucken, normal arbeiten oder irgendwelche Sachen mit mir unternehmen, sie hat es immer geschafft meinem Herzen ein Gefühl zu geben, welches ich einfach nicht beschreiben kann, weil es keine Wörter dafür gibt. Weil sie mich erfüllt und zu meinem größten Traum und Wunsch geworden ist. Weil sie so perfekt auf mich wirkt, egal wie sie aussieht oder was sie gerade tut und das ist seit Anfang an so! Vielleicht habe ich auch deswegen in meinem ersten Brief von Liebe gesprochen, obwohl ich mir noch unsicher war. Ich bin auch froh, dass ich mich mit meinem Herzen verliebt habe und immer mit meinem Herzen geliebt habe, statt mit den Augen. Denn wer nur mit den Augen liebt, verlässt einen, sobald dieser etwas Neues sieht. Wer aber mit dem Herzen liebt.

Wo wir aber schon von Augen sprechen. Es gab immer eine Sache, die mich an ihr mehr als nur fasziniert hat. Es war immer unbeschreiblich, aber es sind die wundervollsten Augen, die ich je gesehen habe. Früher waren für mich Augen nur Augen. Etwas, womit man sehen kann. Doch ihre Augen waren etwas, worin ich alles gesehen habe!

Ich bin mir sicher, dass dieses Mädchen so viele andere Jungs hätte haben können. Sie ist nämlich so ein wunderschönes Mädchen. Und da draußen gibt es bestimmt sehr viele attraktive Jungs, die vielleicht noch attraktiver sind als ich und gerne mit ihr zusammen wären, doch am Ende hat sie sich gegen all diese Typen entschieden und einen Affen gewählt. Vielleicht hat sie mir auch deswegen diesen Spitznamen gegeben. Mogli!

Ich erinnere mich noch an den Tag, wo ich mich sie verliebt habe. Ich vergesse nie diesen Morgen in der Schule. Ich wusste nichts über sie. Trotzdem fühlte es sich so an, als kannten wir uns seit Jahren. Die Zeit ist stehengeblieben, der Raum wurde weiß und alles verschwand. Bis auf wir 2. Ich bin sehr froh, dass ich mich in sie verliebt habe und es ist da Tollste, was mir je passiert ist, denn ich habe am Ende des Tages, das tollste Mädchen an meiner Seite.

So toll, dass man nur die wundervollsten Vorstellungen davon bekommen kann, was man denn noch mit diesem Mädchen alles machen möchte. Ich wollte vieles noch machen. Urlaub an die Orte, von denen wir nachts zusammen schwärmten, als wir uns Bilder angeschaut hatten. Diesen und jenen Film gucken, einen tollen Ausflug nach dem anderen machen. Zusammen in eine Wohnung ziehen und diese gemeinsam gestalten. Alles Tolle, was einem in den Sinn kam.

Jedoch werde ich eine Sache nie vergessen. Der Traum, der sich im Laufe der Beziehung entwickelt hat. Nie hat sie davon mitbekommen, denn es war ein Traum, den ich in Erfüllung bringen wollte. Ich habe ihn nämlich bildlich in meinen Träumen gesehen und mir vorgenommen eines Tages diesen Traum, den ich vor meinen schlafenden Augen gesehen habe, auch vor meinen wachen Augen sehen zu können.

Eines Tages wollte ich mit ihr dorthin. Zu einer Wiese. Eine riesengroße, grüne Wiese, umgeben von einer traumhaften Landschaft und vielleicht auch Bergen. Blumen, die sie immer so toll und schön fand, sind auf dieser Wiese zu finden. Ein blauer Himmel mit ein paar wunderschönen

Wolken und ein weicher und sanfter Wind, der uns entgegenkommt. Eine wunderschöne Atmosphäre. Und mitten auf dieser Wiese stehen wir beide. Sie in einem bezaubernden Kleid, ihren wunderschönen offenen Haaren und ihr bezauberndes Gesicht. Als würde eine wahrhaftige Prinzessin vor mir stehen. Wir stehen mitten auf der Wieseund versuchen zu tanzen. Ihre linke Hand auf meiner Schulter und ihre rechte hält meine linke Hand, während meine rechte Hand an ihrer Hüfte ist. Überwiegend sind wir vielleicht damit beschäftigt, uns nicht gegenseitig auf die Füße zu treten, aber wir genießen den Moment. Irgendwann nehmen wir unsere Hände, halten uns gut fest und drehen uns schnell im Kreis und lachen, während wir von Glück nur so umgeben sind. Ich lache zwar auch, aber ich bin mehr damit beschäftigt sie anzuschauen und den Anblick ihres wunderschönen glücklichen Gesichts zu genießen. Nicht lange hat das Drehen angehalten und wir beide fallen nebeneinander auf dem Boden und lachen uns kaputt, bis wir uns zueinander drehen, so dass wir Augenkontakt miteinander haben. Wir küssen uns nicht oder umarmen uns nicht oder sonstiges. Das Einzige, was wir tun ist das Funkeln der Augen anzuschauen, während sie mir die Ewigkeit in diesen zeigt. Es wäre an einem Punkt, wo ich weiß, dass ich sie glücklich gemacht habe und wir vieles durchgemacht haben. Sowohl schlechtes als auch gutes, doch innerlich wussten wir beide, dass wir zusammen selbst die Hindernisse so groß wie Berge und die Probleme, die so groß sind, wie der Schaum des Meeres zusammen bewältigt hatten und nun zusammen das Leben, welches wir uns verdient haben, genießen könnten! Als gebe es kein Morgen mehr!

Ein schöner Traum. Leider ein Traum, der vielleicht nicht in Erfüllung gehen wird. So schade wie es auch ist, nicht jeder Traum kann in Erfüllung gehen, egal wie schön dieser auch ist. Es passieren manchmal Dinge, die alles durcheinanderbringen. Pläne, Gefühle und Träume.

Ich habe alles getan, damit es bei mir nicht dazu kommt. So oft habe ich Angst davor gehabt, sie zu verlieren. Es war eines der schlimmsten Ängste, die ich jemals in meinem Leben gespürt habe. Leider trat meine größte Angstvorstellung auch in der Realität auf und ich war nicht in der Lage es zu verhindern. Ich habe sie verloren. Meine beste Freundin, meine große Liebe, mein Ein und Alles. Ich habe mein Mädchen verloren. Das Schlimmste daran war, dass ich gemerkt habe, wie sich das Verhältnis zwischen uns immer mehr und mehr änderte und wie sie immer mehr und mehr aus meinen Händen verschwand. Ich habe es ihr nie übelgenommen oder ihr etwas vorgeworfen, denn sie hatte ihre Gründe dafür und diese waren auch voll berechtigt, doch schade war es einfach nur, dass ich die ganze Zeit machtlos war und nichts tun konnte, außer zuzusehen, wie ich Schritt für Schritt mein Mädchen verlor.

Der Platz, den sie in meinem Herz eingenommen hatte, ihr zu Hause in meinem Herzen, war da einfach nur noch da. Verlassen und leer. Die Blumen, die sie dort eingepflanzt hatte und sich jeden Tag um diese gekümmert hatte, verloren schnell ihren Glanz. Die Blüten verwelkten und das Einzige, was geblieben ist, sind die Dornen an den Stängeln.

Ich wusste nicht, was ich wirklich gefühlt habe. Leer? Einsam? Traurig? Alles zusammen? Keine Ahnung. Es war auf jeden Fall nicht einfach. Wie denn auch? Mit jemandem jeden Tag zu schreiben, zu telefonieren und sich oft zu treffen und dann nichts mehr von diesen Sachen tun zu können ist hart. Es macht einen fertig. Gerade eben befand man sich noch in der vollkommensten Euphorie und dann kommt ein Schlag und befördert sich in die tiefste und dunkelste Dysphorie. Und diese Dysphorie scheint kein Ende zu nehmen.

Wie denn auch? Was kann ich denn dagegen tun? Nichts! Mit Freunden Zeit zu verbringen, sich durch Serien/Filme abzulenken, Videospiele, alles hat keinen Spaß mehr gemacht. Nichts, woran ich noch großes Interesse hatte. Nichts fühlt sich nämlich toll an, wenn man von einer depressiven Stimmung umgeben ist, die man selbst erzeugt. All die Gefühle verletzten einen jeden Tag aufs neueste. Ich wollte diese Gefühle nicht mehr spüren. Mein Herz wurde auf einmal zum Spiel Jenga. Der Turm ist mein Herz und jeder Tag ist eine Runde des Spiels. Es ist nur eine Frage der Zeit, wie lange die Runde geht, bis der Turm umstürzt.

Ich wollte diesen Schmerz nicht mehr ertragen. Es wurde mir zu viel. Herzlos und gefühllos zu sein, erschien mir als ein Ausweg. Ich habe dort die Möglichkeit meiner Befreiung von diesem Schmerz gesehen. Doch ich tat es nicht. Ich konnte es nicht. Zwar würden die negativen Gefühle und der Schmerz verschwinden, aber das würde auch bedeuten, dass all die schönen Gefühle nicht mehr da sind, die mich im Leben immer glücklich gemacht haben. Außerdem wäre das nicht ich. Sie hat mir gezeigt, wie toll es ist, wenn ich einfach ich bin. Ich war so glücklich. Und ich kann mein wahres Ich nicht einfach so wegwerfen. Wäre sie an meiner Seite gewesen, hätte sie es nicht gewollt.

Jeder Tag ohne sie war eine Qual. Kein Tag ist vergangen, wo ich sie nicht vermisst habe. Kein Tag ist vergangen, wo ich nicht an sie gedacht habe und keine Nacht ist nicht vergangen, wo ich nicht von ihr geträumt habe. Ich wollte sie zurückhaben. Ich wollte nicht ohne sie weitermachen. Ich konnte sie nicht so leicht aufgeben. Ich habe daher beschlossen, um sie zu kämpfen. Ich wollte kämpfen, damit vielleicht eines Tages mein Mädchen doch zu mir zurückkehren würde.

Es war kein leichter Kampf. Es war sehr schwer mental und die Hoffnung nicht zu verlieren war auch eine harte Aufgabe. Ich habe viel geweint. So sehr, dass ich oft einfach nicht mehr weinen konnte. Die Tränen wollten einfach nicht mehr kommen. Es ist einfach sehr viel gewesen, was ich einstecken und verkraften musste. Doch ich wollte nicht auf dem Boden liegen bleiben. Jeder Tiefschlag wurde immer schwerer und härter, aber wenn es wirklich das Mädchen ist, dann werde ich durchziehen. Das habe ich mir gedacht. Ich habe wirklich alles gegeben. Leicht war es trotzdem nicht.

Doch eins habe ich mich ständig gefragt. Ist das noch Liebe, was ich empfinde für sie? Ist das wirklich noch Liebe, was ich hier fühle oder bin ich einfach nur noch emotional abhängig oder versuche ich mir selbst irgendetwas zu beweisen? So oft habe ich mir den Kopf zerbrochen. Es hat aber nicht lange gedauert und ich bekam meine Antwort.

Es war der Moment, wo ich sie nach langer Zeit wieder gesehen habe. Sie stand wieder vor meinen Augen. Die gleiche Ausstrahlung, die gleiche Schönheit, das gleiche bezaubernde Lächeln und dieselben wundervollen Augen. Das war aber nicht die Antwort. Die Antwort bekam ich in meinem Herzen. Die gleichen Gefühle, die ich immer bekam, wenn ich sie gesehen habe. Alle von ihnen wurden wieder hochgeholt. Es war wie ein gigantisches Feuerwerk in meinem Herzen. Keine Erinnerungen von früher. Einfach nur der Moment und ich wusste es. Ich liebe sie immer noch mindestens genauso sehr, wie früher. Denn Gefühle, die wieder in einem hochkommen, egal wie gering und schwach sie auch sein mögen, sind Gefühle, die das Herz niemals verlassen haben.

Es fing wieder an. Ich konnte nicht anders. Mein Herz fing wieder an zu schlagen, während ich betäubt war von den Gedanken an uns und sah, wie ich wieder immer mehr an dir heranwuchs. Statt sie zu vermissen, begann ich wieder den Kontakt mit ihr zu haben und wurde von ihr gerettet. Ich wurde immer wieder aufs neueste verblüfft, welch Wärme ihre kalten Hände meinem Herz spendeten. Unsere Beziehung zueinander wuchs immer mehr und mehr. Wenn ich sie ansah, fand ich es sehr schwer zu glauben, dass das ganze Universum sich nicht verschworen hatte, um sie zum Leben zu erwecken. Ich kann mir keinen schöneren Grund für all meine Träume, mein Glück und meine Euphorie vorstellen als sie in all diesen Tagen. Oft hatte sie mich gefragt, wieso ich sie liebe und war davon überzeugt, dass ich die Erinnerungen und nicht sie liebe, aber das stimmt nicht. Wenn es Schwerkraft auf unserer Welt gibt, welche es gibt, wenn es Universen und Konstellationen gibt, die es gibt, dann braucht es keine Erklärung sie zu lieben! Ich bekam mehr als nur genug Gründe, aber wirklich wahre Gründe, die aus dem Inneren kommen, gab es nie und wird es auch nie geben. Liebe ist Sinnlos. Es ergibt keinen Sinn, von daher ist es auch nicht möglich, eine sinnvolle Erklärung für meine Liebe zu geben. Doch das Beste an Liebe ist, dass man nie einen Grund braucht, um jemanden zu lieben!

Ich konnte es nie beschreiben und kann es auch bis heute nicht beschreiben, was ich von ihr halte, was ich von ihr denke und was ich für sie empfinde. Es gibt Dinge, die man nur im Inneren weiß und der Außenwelt nie so vermitteln kann, weil es nie irgendwelche Wörter dafür geben wird, die auch ansatzweise beschreiben könnten, was das Herz wirklich begehrt. Es sind immer die wundervollsten und schönsten Dinge.

Doch leider auch die schlimmsten Dinge im Leben.

Immer habe ich Sterne in ihren Augen gesehen und mittlerweile, weiß ich nicht mehr, ob sie auch noch für meinen Himmel bestimmt sind.

Ich habe es nicht geschafft, sie wieder zurückzubekommen. Ich habe es nicht geschafft, mein Mädchen zurückzuholen.

Ich habe versagt!

Und es fing von vorne an. Nur viel schmerzhafter und schlimmer. Das ständige Vermissen, Denken und Träumen von ihr. Ständig draußen im Dunklen gesessen, während ich mir den schwarzen Sternenhimmel ansah und mit Gott über sie sprach. Ich habe sogar zum ersten Mal eine große Freude am Schlafen gefunden. Während dem Schlafen ist man halt weder lebendig noch tot. Man befindet sich weder in die Realität des Lebens noch in der des Todes, sondern man flüchtet sich in eine komplett andere Realität. In die der Träume. Träume, wo wir Seite an Seite weiterleben. In dieser wollte ich eigentlich bleiben, doch Gott weckte mich auf und ich weiß nicht wieso. Die Lichter in meinem Zuhause sind an, aber niemand außer mir ist da. Niemandem konnte ich wirklich beschreiben, was für einen Schmerz ich durchgemacht habe. Stattdessen musste ich mehr weinen, denn die Tränen zeigen die Art von Schmerz aus dem Herzen, wofür es keine Wörter gibt.

Wie gern ich sie nochmal ganz lange und doll umarmt hätte. Wie gerne ich nochmal ihre Hände gehalten hätte. Wie gern ich ihr Lächeln nochmal betrachtet hätte. Wie gern ich ihr nochmal in ihre Augen angeschaut hätte. Wie gern ich ihr nochmal einen Kuss auf die Stirn, Wangen und Lippen gegeben hätte. Wie gern ich ihr nochmal gesagt hätte *»Ich liebe dich über alles!«*

Wieso sollte es nicht sein? Es hat ihnen nicht gepasst. Der Gedanke von uns beiden wieder vereint. Man muss ihre Meinung respektieren, da sie sich ja schließlich nur um dich sorgen und dich um dich kümmern, auch wenn es eine andere Sache ist, ob sie sich einzumischen haben. Am Ende hat sie diesen Weg gewählt. Kein Abschied für immer hat sie gesagt und auch die Möglichkeit, dass wir eines Tages trotzdem zueinander finden würden, hat sie offengelassen. Dennoch wollte sie, dass ich abschließe und jemanden neues kennenlerne. Ca. Vier Milliarden Frauen auf dieser Welt. Acht Milliarden Arme, Augen und Hände, aber ich will nur in ihre zwei Augen hineinschauen, ihre zwei Hände halten und mich von ihren zwei Armen umarmen lassen. Wieso sollte ich ein anderes Mädchen kennenlernen wollen, wenn sie DAS Mädchen für mich ist? Und trotzdem überlege ich wirklich manchmal, ob ich das nicht sollte und war schon auf Dates und habe versucht andere kennenzulernen, doch sie ist immer noch ein Teil von mir. Wo immer auch ich bin, muss ich an sie denken. Ich höre, rieche oder sehe manchmal etwas und bekomme sofort das Gefühl, als würde mein Bauch fallen, denn ich denke direkt wieder an sie. Das Wetter ist schlecht und ich erinnere mich an sie, wie wir immer das schlechte Wetter gehasst haben. Das Wetter ist gut und ich erinnere mich wieder daran, wie wir von diesem geschwärmt haben. In der Welt mag sie vielleicht nur ein Mädchen sein, doch für mich war dieses Mädchen meine gesamte Welt und ist es immer noch!

Ich hab Angst vor dem, was aus uns werden könnte und wie sich das Verhältnis zwischen uns ändern könnte. Wir waren Fremde. Irgendwann wurden wir daraus Freunde und daraus wurden zu Freund/Freundin. Doch ich will nicht, dass wir wieder zu Fremden werden. Zu Fremden mit Erinnerungen.

Ich kann nicht und will auch nicht abschließen. Ich habe lange nicht verstanden wieso, aber manchmal ist der Grund, warum man etwas nicht loslassen kann bzw. loslassen will, obwohl man es schwierig hat, dass es mal etwas war, was einen oftmals als einzige Sache glücklich machte. Selbst im Moment, wo mir das Herz gebrochen wurde, hat sie nicht an Bedeutung verloren und ist in meinen Augen genauso wertvoll, wie schon immer und ist es heute auch noch.

Und hier sitze ich. Unwissend über das, was ich tun sollte und was auf mich zukommen wird. Ich weiß nur, dass ich sie gerne an meiner Seite hätte. Sie fehlt mir sehr. Ich wache jeden Morgen auf und hoffe irgendwie vielleicht eine Nachricht von ihr zu bekommen haben. Leider hat sich dieser Wunsch bisher nicht erfüllt. Ich selbst habe häufig darüber nachgedacht, sie vielleicht mal anzuschreiben oder anzurufen und zu fragen, wie es ihr geht, was sie so macht und wie sie in der Ausbildung vorankommt. Ich frage mich auch oft, ob sie mich auch vermisst. Alles tue ich, weil ich mich immer noch um mein Mädchen in meinen Gedanken sorge, auch wenn sie nicht mehr mein Mädchen ist. Vielleicht hat sie ja ein neues Zuhause gefunden, wo sie sich besser aufgehoben fühlt als in ihrem Alten. Es würde mich für sie freuen, denn es ist ein toller Anblick, wenn sie glücklich ist, auch wenn ich dadurch noch mehr zerstört werden würde.

Vor allem, weil ein Teil von mir immer noch auf sie wartet. Sie ist vielleicht weg, aber ich liebe dieses Mädchen immer noch genau so sehr. Es ist, wie ein Männchen, dass sich in ihrem Platz in meinem Herzen hingesetzt hat und nichts anderes tut, als auf sie zu warten, auch wenn die Dornen in diesem Teil ihn manchmal verletzten. Doch ich kann nicht anders. Es ist nicht mal so, dass ich mich dazu zwinge. Es geschieht einfach instinktiv, denn diese Geduld kommt wirklich vom Herzen. Wenn ich zu Gott bete, ist ihre Rückkehr meine einzige Bitte an ihn. Bei jeder Pusteblume wünsche ich mir, wie ein kleines Kind, nur sie an meiner Seite. Mein größter Wunsch ist es einfach nur, dass sie eines Tages wieder mein Mädchen ist. Genau deswegen, bin ich bereit diesen schweren Weg zu gehen!

Ob es das Beste ist, was ich tun könnte, weiß ich nicht. Wahrscheinlich sogar eher nicht. Alle Personen, die mir nahestehen, behaupten das. Nicht nur unbedingt, weil es unwahrscheinlich ist, dass sich da vielleicht was ändern wird, eher weil sie mich davon abhalten wollen, einen Weg zu gehen, auf dem ich mich selbst verlieren könnte, während ich sie erneut finden will. Doch ich kenne mich selbst gut genug, um zu wissen, dass es so oder so der Fall wäre. Daher spielt das auch keine Rolle mehr. Deswegen muss man abwarten. Man weiß ja nie, was die Zukunft so mit sich bringt.

Ich vergesse niemals den Moment, wo ich mich fürs Erste von ihr verabschieden musste. Ich bat sie noch, um ein Treffen, um mich im Guten von ihr verabschieden zu können. Unsere Beziehung war durch eines sehr geprägt. Liebesbriefe. Ich habe ihr immer wieder romantische Liebesbriefe geschrieben, denn damit habe ich ihr immer zum Glück eine riesige Freude bereitet, denn sie hat alle meine Liebesbriefe geliebt. Und die ganze Nacht, bevor ich mich am nächsten Tag von ihr verabschieden konnte, habe ich damit verbracht, einen letzten Brief an sie zu verfassen, um alle meine letzten Gedanken loszuwerden. Ich habe diesen Brief ein paar Leuten vorgelesen, weil ich war mir immer unsicher, ob es eine gute Idee ist oder ob der Brief gut ist für so einen vorübergehenden Abschied. Doch als ich gesehen habe, dass alle sehr traurig beim Hören wurden und ein paar auch ihre Tränen dabei vergossen haben, habe ich meine Antwort bekommen. Schließlich habe ich sogar die ganze Zeit beim Schreiben Tränen vergossen. Was ein Schicksal. Es fing an mit einem Brief und fürs Erste hört es auch mit einem auf.

»Hey. Wie geht's?«

»Gut und dir?«

»Auch gut?«

»Danke, dass du dir nochmal Zeit genommen hast. Ich wollte ja ein paar Dinge loswerden.«

»Ja.«

»Tut mir erstmal Leid, dass ich die letzten Tage so komisch war. Ich wollte noch weiter um dich kämpfen und vielleicht hätte ich das nicht sollen. Sorry, falls ich dich damit genervt habe.«

»Alles gut, hast du nicht.« (Ich habe gemerkt, wie schwer das alles auch für sie ist.)

»Eh ich wollte auch... ich wollte... ehm... Boah wie soll ich das erklären haha...Mir fehlen die Worte...«

»Du bist gerade echt komisch.« (Es tut mir leid)

»Tut mir leid dafür. Es fällt mir gerade nur n bisschen schwer, passende Wörter dafür zu finden. Ich wollte mich für alles, wirklich für alles, was du für mich getan hast, bedanken. Ich bin dir wirklich für alles sehr dankbar.«

»Das musst du nicht. Ich bin dir ja auch für sehr vieles dankbar.«

»Ich hätte nur noch eine letzte Bitte an dich, die du mir hoffentlich erfüllen kannst.«

»Ehh kommt auf die Bitte an.«

»Ich würde mich sehr freuen, wenn du das hier an dich nehmen würdest.« (Genau wie beim ersten Brief hole ich unter meinem Pulli raus und überrasche sie)

»Hahaha ein Brief oh man. Du bist einfach... unverbesserlich!«

Wenn sie bloß wüsste, wie sehr sie mir den Rest mit so einer Reaktion gegeben hat. Der Tag war eines der schwierigsten Tage in meinem Leben. Und ich hätte am liebsten viel mehr gesagt. Viel, viel mehr und auch anders. Vielleicht ungefähr so:

»Heyy, wie geht's? Ich hoffe, dir geht's gut. Wie geht's deiner Familie? Hoffentlich geht's auch deinen bestens. Wie

läuft die Ausbildung? Bestimmt schaffst du es gerade auch mit ganz viel Mühe, dich durch die Prüfungen zu kämpfen. Daran zweifle ich nicht. Ich weiß ja, wie fleißig und gut du lernen kannst. Besonders froh bin ich aber, dass du dein Lächeln immer noch auf dein Gesicht noch zaubern kannst. Das steht dir wirklich sehr. Noch nie habe ich ein hübscheres Lächeln gesehen, deswegen lässt du es so, kapiert? Sehr gut. Ich hoffe, du genießt das Leben sehr im Moment. Es gibt allen Grund dazu. Wir haben häufiger wieder warmes Wetter. Ständig scheint die Sonne, die Tage werden wieder länger und generell weiß ich, dass du diese Atmosphäre viel lieber hast. Ist lange her, dass wir mal wieder sprechen. Wir haben uns echt lange nicht mehr gesehen. Du siehst wirklich sehr toll aus! (Bestimmt tut sie das.) Hat sich echt lange angefühlt. Doch das Gefühl ist immer noch das Gleiche. Ich weiß, es ist viel zwischen uns passiert. Sowohl Gutes als auch Schlechtes. Die letzte Zeit war vor allem sehr schwer für uns beide, behaupte ich jetzt einfach mal. Doch es ist nun mal geschehen. Passiert ist passiert. Dennoch bin ich froh, dass ich heute wieder vor dir stehen kann, mit dir reden kann und dir in die Augen schauen kann. Ich habe dich sehr vermisst. Und tue es eigentlich immer noch. Du vielleicht ja auch. Daher finde ich es so toll, dich mal wieder sehen zu dürfen. Und unabhängig davon, was passiert ist, möchte ich, dass wir noch ein tolles Verhältnis haben. Auch wenn es nicht das Verhältnis ist, was ich mir wünschen würde. Ich bin dir nämlich für vieles dankbar. Vieles, was du vielleicht schon weißt, aber auch vieles, wovon du nichts mitbekommen hast. Das musst du auch nicht. Mir reicht es, wenn du einfach weißt, dass ich dir nicht oft genug danken kann, für alles, was du für mich getan hast und was wir alles zusammen erlebt haben. Für all die Erinnerungen. Deswegen hoffe ich auch, dass dir klar ist, wie wertvoll und besonders du auch bist. Man kann es nicht beschreiben, denn es gibt keine Wörter, die es auch ansatzweise schaffen würden. Auch wenn wir gerade nicht zusammen sind, glänzt du weiterhin wie Gold in meinem Herzen. Und ich möchte jetzt nicht, dass dir etwas unangenehm wird oder sonstiges, aber mir ist das wichtig, dass ich dir das sage, denn du kannst es dir vielleicht denken, dass ich immer noch Gefühle für dich habe. Ist ja offensichtlich und da will man ja gerne so einiges ansprechen. Ich wollte dir nur nochmal sagen, dass dein Platz immer noch da ist. Dein Platz in meinem Herzen. Dieser wird immer dir gehören und wann immer du es nötig haben solltest und aus welchem Grund auch immer, du darfst gerne zurückkehren. Egal wie lange. Es ist dein Platz und es wird auch nur deiner sein. Für immer. Du wirst auch immer mit offenen Armen empfangen. Das verspreche ich dir! Daran wird sich auch niemals was ändern, egal was passieren sollte und wie viel Zeit auch vergehen mag und wo auch immer du sein solltest. Es tut mir leid, falls es gerade sehr egoistisch von mir ist, dass ich dich so in Verlegenheit bringe, doch ich möchte dich unbedingt wissen lassen, dass ich dich nie loslassen werde. Egal, wie sehr du mich loslassen möchtest. Schließlich habe ich dir mein Wort gegeben, dass mich niemand jemals davon abhalten wird, dich zu lieben. Nicht einmal mehr du! Danke, dass wir nochmal sprechen konnten. Es hat mir gutgetan, nach so langer Zeit mal wieder ein bisschen mit dir quatschen zu dürfen. Wie gesagt, das Gefühl ist immer noch das Gleiche. Na dann. Wir werden uns wieder sehen. Weiß nicht, wann und weiß nicht wo, aber ich weiß, dass wir uns wieder sehen werden an einem schönen sonnigen Tag. Und auf diesen Tag freue ich mich schon mehr, als auf einen anderen. Pass bitte unbedingt gut auf dich auf und bleibe gesund.

~Dein Mogli und dein bester Freund. Ich werde dich immer lieben!«

Ich werde dich immer lieben...

Stimmt das? Ist es wirklich wahr, dass ich sie immer lieben werde? Ich werde doch neue Menschen kennenlernen und vielleicht verbirgt sich unter diesen ja eine, die ich vielleicht stattdessen lieben werde und von ihr geliebt werden. Möglich ist es. Doch die Person, die dafür gesorgt hat, dass ich zu der Person geworden bin, die ich heute bin, dass ich mich selbst gefunden habe, die mir so vieles klargemacht hat, beigebracht hat, gezeigt hat, gegeben hat und mir dabei geholfen hat, mein Puzzle immer weiter zu vervollständigen, kann ich nicht entlieben. Ich habe so eine Liebe niemals gefühlt und empfunden. Weder als ich verliebt war, noch als wir zusammen waren und auch auf einem getrennten Pfad, meine Liebe für sie ist etwas Einzigartiges. Ich habe lange gebraucht um zu verstehen, was das alles überhaupt ist und was das alles überhaupt für einen Wert, für eine Bedeutung hat und da möchte ich es nicht so leicht wegwerfen.

Doch zurück zur eigentlichen Sache. Ich könnte ihr bestimmt noch viel mehr sagen, aber es ist wäre in der Situation nur wichtig, dass ich das Notwendigste loswerden könnte. Das sollte ich auch haben. Es ist viel passiert zwischen uns und ich bin fest davon überzeugt, dass ich nichts bereue, bis auf eine Sache. Ich habe ihr nie wirklich sagen können, wie sehr sie mir wirklich bedeutet, was für ein perfektes Mädchen sie wirklich ist und wie sehr, doll und stark ich sie wirklich liebe. Was ich beschrieben habe, war immer nur ein Tropfen vom riesigen Ozean meiner Gefühle. Es ist das Einzige, was ich nie bisher so richtig konnte und geschafft habe. Vielleicht ist es leider dafür schon längst zu spät. Es liegt nun mal in der menschlichen Natur, den wahren Wert einer Sache erst zu erkennen, wenn diese Sache nicht mehr da ist. Aber ich warte ja wie gesagt auf sie. Vielleicht bekomme ich ja die Möglichkeit noch und werde es dann vielleicht schaffen können. Doch ich frage mich immer wieder, warum ich immer noch auf sie warte. Weshalb ich nur sie will und niemanden sonst. Es gibt doch genug andere Mädchen, die ich vielleicht haben könnte und die auch gut aussehen, süß sind, sich gut um mich kümmern könnten. Doch genau das ist der Punkt an der ganzen Geschichte. Es gibt genug hübsche, süße und attraktive Mädchen, von denen viele ganz sicher einen tollen Charakter haben. Doch darum geht es nicht. Es geht um die Bindung. Die Bindung, die ich mit ihr hatte, ist einzigartig. Meine Seele war noch nie verbundener mit einer anderen Seele. Jede Bindung zu einer Person ist einzigartig und mir ist durchaus auch bewusst, dass ich eventuell eine Bindung zu einer anderen Person aufbauen könnte, die sich vielleicht besser anfühlen könnte. Doch das ist etwas, was ich nicht zwingend notwendig brauche. Nichts auf dieser Welt ist von Anfang an perfekt. Man muss etwas als perfekt annehmen und es perfekt machen, damit es als perfekt bezeichnet werden kann und das kann ich mit ihr definitiv besser als mit sonst jemanden, denn sie ist bisher die einzige. Genau deswegen möchte ich diese einzigartige Bindung zu ihr beibehalten, denn so eine Bindung habe ich noch nie gehabt und in der heutigen Zeit, wo die meisten Menschen nicht mehr wissen, was Liebe ist und es nicht mehr ernst meinen, ist so eine Person ein einmaliges Geschenk! Als hätte ich unter den ganzen Fälschungen einen echten Diamanten gefunden, der mich durch seinen Glanz nur umwirft. Man kann sich nicht mit einem gefälschten Diamanten zufriedengeben, wenn man einst den kostbarsten dieser Welt besaß. Es ist nicht so, dass ich nicht versucht habe, mit ihr abzuschließen. Ich habe sehr vieles getan. Meine Gedanken auf Papier gebracht, mich abgelenkt, versucht, mit Freunden was zu unternehmen. Ich hab sogar versucht eine neue Freundin zu suchen, damit sie vergessen kann und war deswegen mit anderen Mädchen auf Dates. Ich dachte mir, vielleicht kann ich so abschließen. Doch es hat einfach nicht geklappt. Wie denn auch, wenn ich in jedem Mädchen da draußen, welches ich betrachte, immer nach ihren Augen, nach ihren Haaren, Lächeln und ihrer Ausstrahlung suche? Ich weiß nicht wie, aber sie hat es geschafft in meinen Augen ein Engel zu sein.

Mich wird niemand vom Kämpfen abhalten. Nicht mal mehr sie. Ich weiß, was meine Freunde und meine Familie von der Sache halten und ich weiß auch, dass sie mir eher davon abraten und mir eher raten, keine Hoffnungen zu haben. Und ich bin ihnen sehr dankbar, dass sie sich um mich sorgen und ehrlich zu mir sind. Doch wenn ich ein naiver Esel bin, weil ich nicht aufgeben möchte und weiter um sie kämpfen möchte, dann bin ich liebend gerne einer. Schließlich hat sie mir ja auch gezeigt, dass es ein Teil von mir ist, ein naiver Esel zu sein! Denn man sollte immer das tun, was man liebt.

Doch trotzdem muss es auch weitergehen. Auch wenn ich auf sie warten werde, ändert es nichts an daran, dass das Leben weiter geht und auch wenn sie noch hier wäre, hätte sie bestimmt gewollt, dass ich weitermache und den besseren Menschen, den sie aus mir geformt hat, nicht einfach so aufgebe. Und außerdem habe ich noch eine wichtige Aufgabe in dieser Zeit für mich erkannt. Ich bin noch nicht fertig mit meinem Puzzle. Ich habe zwar fast alle Teile auf meiner Reise gefunden und dachte eigentlich, dass ich das Bild vervollständigen konnte. Ich habe mich geirrt. Ein Teil fehlt mir nur noch zur kompletten Vervollständigung. Ich weiß auch nicht, wie, wann und wo ich es finden werde. Und was es diesmal sein wird. Doch das ist eine andere Sache. Darum sollte ich mir keine Sorgen machen. Die anderen Teile haben sich mit der Zeit ja auch offenbart. Das wird auch beim letzten so sein.

Fehlt sie mir, um es zu vervollständigen? Ist sie vielleicht diejenige, die mein Puzzle vervollständigen wird? Wir werden sehen, ob sie es ist oder nicht, doch ich werde es irgendwann finde.

Das letzte Puzzleteil!

Nachwort

Diese Liebesgeschichte war nicht ganz einfach auf Papier zu bringen. Alleine hätte ich sie auch nicht in der Art und Weise, wie sie verfasst wurde, schreiben können.

Genau deswegen möchte ich diese Gelegenheit nutzen, um einen besonderen Dank auszusprechen, an diejenigen, die mir dabei geholfen haben, dieses Buch auf die Beine stellen zu können und an die Personen, die Teil dieser Geschichte sind und bereits bekannt sein dürften.

Meine Eltern. Ob ihr nun Teil des Prozesses wart oder eher nicht. Ihr habt ständig euren Beistand geleistet und habt mir eure Unterstützung immer bis zur Veröffentlichung und darüber hinaus gegeben und das schätze ich sehr! Ich bin nicht immer der beste und vorbildlichste Sohn. Wahrscheinlich sogar das Gegenteil davon und vielleicht entspreche ich häufig nicht euren Erwartungen. Doch dennoch weiß ich, dass ihr tolle Eltern seid. Ich habe auch andere Elternpaare gesehen. Viele gute und auch manche, die keinen so guten Eindruck auf mich machten. Doch für mich seid ihr die besten!

Meine Schwester, Lali. Ich weiß, ich habe dich sehr oft genervt und ich streite mich sehr oft mit dir. Auch wenn ich es nicht so offen zu geben würde, bist du eine wichtige Person in meinem Leben. Ich bin halt dein großer nerviger Bruder und du meine kleine zickige Schwester. Ja genau. Zickig. Denn du bist die zickigste Person, die ich kenne. Das warst du auch immer, als ich dich nach einem Rat gefragt habe. Doch trotzdem hast du dir die Mühe gemacht und meine Bitten, auch wenn es ungern war, erfüllt. Dafür möchte ich dir auch danken.

Mein Bruder, Dayyan. Sei es nur das Aussehen, die Gewohnheiten, die Interessen, das Verhalten oder was auch immer. Man merkt, dass du einfach eine Kopie von mir bist. Kein Wunder, dass ich dich so gernhabe. Ich bin nicht immer gut, wenn es darum geht, die Rolle eines großen Bruders zu erfüllen und bin manchmal auch ein wirklicher scheiß Bruder. Doch trotzdem siehst du mich als eine tolle Person an. Als ein gewisses Vorbild. Als einen tollen großen Bruder. Und deswegen bist du auch der tollste kleine Bruder, den ich mir hätte je wünschen können.

Reik Schönbeck. Als offenen und ehrlichen Freund habe ich dich kennengelernt, mit dem ich die dümmsten Sachen erlebt habe. Mit dem ich immer Spaß hatte und mit dem ich auch durch dick und dünn gegangen bin. Ich bin froh, dass du auch als dieser zu einem Teil der Geschichte geworden bist!

Rohan Kapoor. Ich bin froh, dass diese Geschichte mir ermöglicht hat, dich kennenlernen zu dürfen und einen neuen Freund gefunden zu haben! Selten sieht man einen so reifen Menschen, der immer bereit ist, anderen Leuten einen Rat zu geben, wann immer sie den brauchen. Ich spreche aus Erfahrung. Ich hoffe, dass diese Freundschaft sehr lange halten wird. Schließlich brauche ich auch in der Zukunft jemanden, der mir immer wieder die Haare schneidet.

Tamana Sakhizadah. Du bist ein sehr energiegeladener, selbstbewusster und recht lockerer Mensch. Doch vom Anfang bis zum Ende und auch danach hast du mir immer deine Hilfe, wann immer ich sie benötigt habe, gegeben.

Immer konnte ich mit dir über ernste Themen sprechen, ohne dass es unangenehm wird und ich kann dir nicht genug dafür danken! Durch diese Geschichte habe ich in dir eine wirklich tolle Nachbarin und eine wirklich sehr gute Freundin gefunden.

Marwa Sakhizadah. Seit ich 3 Jahre alt bin, kenne ich dich schon. Immer haben wir uns aus Spaß geroastet. Besonders wenn es um Animes ging (vor allem Naruto). Viel Lustiges haben wir aber auch zusammen erlebt. Doch diese Geschichte hat mich auch gezeigt, was für ein toller Mensch du bist, denn in dieser Geschichte bin ich dir viel nähergekommen als Freund. Und auch wenn ich weiß, dass ich dir sehr häufig damit auf die Nerven gegangen bin, warst du ein wirklich guter Wingman. Ich bin froh, dass ich in dir eine sehr gute Freundin gefunden habe, die mir sowohl in guten als auch in schlechten Zeiten geholfen hat und gezeigt hat, warum sie eine gute Freundin ist.

Paul Stark. Du hattest es nie einfach für andere da zu sein, da du mit vielen anderen Dingen beschäftigt warst und dennoch hast du dir immer wieder die Zeit genommen, um für mich da sein zu können, selbst wenn es bedeutet hat, dich selbst zu vernachlässigen. Etwas, was man echt selten geschenkt bekommt. Etwas, wofür man sich schwer revanchieren kann, doch ich möchte dir sagen, dass ich für alles dankbar bin und immer für dich da sein werde. So wie du es auch für mich warst. Wir waren schon vorher gut befreundet, doch diese Geschichte hat uns viel nähergebracht, als ich es jemals gedacht hätte.

Lasse Heuer. Sei es nun durch deine dummen Witze gewesen oder deine lustigen Gesprächsthemen oder was auch immer. Mit dir kann man nur gute Laune haben. Immer habe ich mich wohl in deiner Nähe gefühlt und wenn es mal seien musste einen anständigen Rat von dir erhalten. Du hast mir bei vielen Problemen und Schwierigkeiten immer zur Seite gestanden, selbst wenn es hieß, ein paar Seiten aus diesem Buch in einer wundervollen Art und Weise zu verfassen. Ich bin der wirklich mehr als nur dankbar. Ich hoffe, du weißt das. Und ich hoffe, dass ich auch weiterhin miterleben kann, wie du uns alle mit deinen schlechten Witzen zum Schmunzeln bringst.

Pelle Gehrken. Ich kenne dich schon, seit ich 6 Jahre alt bin. Wir beide fanden uns anfangs gegenseitig richtig komisch und kannten uns kaum. Überwiegend haben wir auch nur geredet, wenn alle Jungs aus der Nachbarschaft zusammen Fußball gespielt haben. Viel mehr war da auch nicht. Doch mit der Zeit haben wir uns immer mehr kennengelernt und uns immer mehr verstanden und wurden zu guten Freunden und spätestens in dieser Geschichte hast du dich zu einem Freund entwickelt, den ich nie vergessen werde. Schließlich bist du seit dem Beginn der Geschichte dabei und hast mir immer mit deiner Unterstützung zur Seite gestanden und tust es auch jetzt noch. Du bist wirklich wie ein Bruder für mich geworden.

Euch allen geht mein Dank raus, denn was ich mit euch alles erlebt habe, ist einfach nicht in Worte zu fassen, doch es sind unvergessliche Erlebnisse gewesen und euch danke ich auch, dass ihr mich so, wie ich bin, als einen guten Freund/Sohn/Bruder akzeptiert. Zumindest hoffe ich das. Ohne euch wäre mein Leben deutlich schwerer und auch nicht so toll. Schließlich habt ihr alle, egal ob indirekt oder direkt, mir dabei geholfen, dieses Buch schreiben zu können und auch veröffentlichen zu können. Ich bin ja aus vielen Gründen sehr froh, diese Geschichte erlebt zu haben. Eines dieser Gründe ist es, dass ich euch allen ein Stück nähergekommen bin und ihr eine größere Bedeutung für mich bekommen habt.

Ich möchte mich auch beim Romeon Verlag bedanken, dass sie mir diese Zusammenarbeit ermöglicht haben und mir bei den letzten Schritten geholfen haben, mein Buch veröffentlichen zu können.

Auch möchte ich mich bei jedem da draußen bedanken, der mein Buch gelesen hat, denn ohne diese Personen, hätte das Teilen dieser Geschichte und der Sinn dahinter keine so große Bedeutung mehr.

Einen letzten und wirklich ganz speziellen Dank, bin ich einer besonderen Person noch schuldig. Nämlich der Person, die diese Geschichte ermöglicht hat. Und ich habe keine Wörter, um diesen besonderen Dank schreiben zu können, aber vielleicht zeigt genau diese Tatsache, wie besonders mein Dank wirklich ist. Deswegen sage ich zum Schluss: Danke dir, mein Mädchen!

S